維尼、跳虎與台灣民主

朱敬一——著

目錄

【推薦序】

以民主深化迎向民主的挑戰

鄭麗君

這是生活在台灣的不同世代、不同史觀、不同領域的朋友都應該閱讀的一本書。作者貫穿分析台灣民主化與世界民主轉型的歷史、全球經濟發展及其所致的社會不公平，乃至從冷戰時代一路到美中對抗的國際大趨勢，從而希冀在中國威脅及國際新變局中，為台灣民主永續發展尋找「關鍵扭轉」的出路。

作者朱敬一院士在本書中整體掌握了台灣與世界的政治、經濟及社會變動，除了源於他同時擁有經濟研究、科技與外交的傑出經歷，再加上綜覽文史哲的雜家本色之外，更是因為作者以民主為核心價值，方能一以貫之，洞察過去，並前瞻未來。就如作者所言：「民主，本來就是一整套的議題，不能切割碎片。」這本書充滿朱院士與經典學理或當代論述不停地對話辯證，因而機鋒處處，讓人不禁讚嘆「讀一本書，勝讀萬卷書」。

朱敬一院士，是我十分敬重的公共知識分子。個人認為，他最令人敬佩之處，是在淵博知識裡含藏人文與社會關懷。還記得，二〇一二年，個人擔任不分區立委，他剛上任國科會主委，便發生「中科四期二林園區計畫」引發農民反搶水運動。和其他政務官有所不同，朱主委不怕燙手，回應農民訴求，和政院不同調的提出變更用水計畫，更啟動前所未見的科學園區政策環評。身為政策監督者，與他的互動中，我可以見證，他的民主價值觀體現在他的學術研究，也在他的公共實踐裡。

這本書，正可以視為朱院士對民主的謳歌。在「民主進程」裡，朱院士認為台灣民主化的特殊性，在於台灣社會力發展促成了一連串抗爭行動，不斷逼迫統治者改變，而有了民主化的第一棒，接續才有啟動憲政體制民主轉型的李登輝總統做為第二棒，以及二〇〇〇年政黨輪替做為第三棒。然而，並非憲政體制民主化了，每個社會就能成為民主的應許之地，尤其全球化下，民主的許諾更可能失落。民主如何補強？在這個部分裡，朱院士指出，社會不公平將引發社會衝突；相對剝奪感的加深，正是近十年來民粹主義抬頭的主因，其解方不一定在於修正選舉制度，而在於應致力改善多數人的社會經濟條件。而且，比較公平的社會更傾向歡迎創新，他說：「市場是手段，不是目的……更重要的，就是公平、正義、人權、自由等公認的文明價值。」

在「民主的威脅」裡，朱院士深入解析馬克思主義的理論缺陷，就在於將財產權局限在所有權而忽略支配權，以及世界獨裁者草菅人命的魔鬼性格，讓大家更認識中共極權政治的內在本質，對併吞台灣的反民主體制，做好對抗的準備。個人也認為馬克思理論的謬誤亦在於民主政治哲學的闕如，從而導致作者所言歷史上共產過渡必然走向極權和獨裁。因此，台灣民主真正的威脅，更精準地說，是來自「對我們有敵意的統治者離文明太遙遠」。如今，獨裁者利用網路控制及數位工具而更為進化了，這是當前所有民主國家亟需一起面對的最重要威脅。最後，前瞻「民主的未來」，面對中國以極權資本主義崛起，對區域安全及世界民主帶來威脅，朱院士認為有賴於民主國家串聯起新型態的圍堵防線，將來世界局勢不只是大國爭霸，更是基本價值的對立。在美中對抗中，美國可能在資訊與國防領域築起一道科技牆，台灣如何思考小國大戰略，找到作者所言的關鍵扭轉，就必須改變傳統外交思維，從民主與極權的終極矛盾中，走出一條在產業、科技及民主的國際合作道路。

我一直相信，歷史是一種思維的方法，如何看過去，影響我們如何思考未來。朱院士對未來提出的戰略觀，其實就是「民主觀」，不僅是以「民主觀」來看歷史而得出，也是基於相信大多數國家最終會選擇捍衛自由民主價值的信念而來。台灣人在二十世紀民主化了，自此和中國產生了根本差異；台灣人亦在自由民主的生活方式裡，跨越多元分歧逐步建立以公民身分為基礎的台灣認同，這是亞洲民主實踐裡的重要典範。如何讓台灣民主永續發展，是我們無可迴避的責任，也是我們守護自由民主生活方式的唯一道路。

今年十月，被譽為民主聖經的盧梭《社會契約論》首版本，因為收藏家「澄定堂」家族的無私移藏，來到了我們的國家圖書館。大家熟知契約論提出了政府統治的合法權力來自於社會成員的權利讓渡，但契約論更重要命題在於，所有人在民主裡結合是為了讓每個人追求更好的生活，因此所有體系必須被歸結於兩原則：自由，使人真正成為自己的主人；平等，因為沒有平等就不可能存在自由。

自由與平等，這是亙古的哲學命題，也是當代課題。作者也在正義及社會公平等課題上，透過與羅爾斯、桑德爾、沈恩、皮凱提的對話，特別強調，台灣要追求民主的永續，首先便必須強化內部的社會團結，減少相對剝奪，因為，社會要公平，自由民主才能永續。個人於第一次政黨輪替後，走入體制參與智庫、擔任立委及兩屆首長，深深體會民主要深化，除了尋求憲政體制的合理化，核心關鍵更在於在經濟社會發展過程中，如何維護每一個人有更平等的機會，去擁有追求自我實現的那一份自由，讓人人生活在這塊土地上有希望感。畢竟，民主的目的，是為了實踐人的自由。

不論台灣是否能迎來作者所期待的「關鍵扭轉」時代，我們都應該不斷深化自身的民主文化底蘊，反思經濟發展模式及其目的，以公平社會和創新經濟彼此共榮支撐，並以民主治理改善政治品質，壯大民主共同體，才能真正立足台灣，盱衡世界局勢，以民主迎向挑戰與機會。

（本文作者為前文化部部長）

跳脫框架，武裝思想，捍衛台灣民主自由

陳東升

過去幾年朱敬一院士三不五時就分享他的讀書心得，每次看了都非常佩服他對一本書的洞見，一本一本書的心得統合起來，並且把他過去服務公職，時事觀察的經驗融入這本書裡，我想大概只有朱院士才有這種能耐。而全書貫穿最近出版的人文社會科學重要作品，正足以凸顯他所主張跨越不同學科邊界博雅教育的價值。

朱院士說他習慣跳脫框架思考，這本書就是一個例子，但這本書如果只有跳開既有框架，沒有創新就不可能讓人驚豔，細讀這本書卻是處處是洞見，而且是從那些重要學者的論點開展出嶄新的論點，讓讀者翻開第一頁後就欲罷不能，因為每讀一小段就翻新閱讀者思考的內容。

以台灣的民主與經濟發展為重點，從這本書我們看到台灣民主發展不能只從內部且短

時間的角度來分析，而是必須透過長時段，結合地理資源、政治體制、經濟偶然、歷史政治事件、領導者策略等進行探討，才能夠透澈。台灣因為天然資源有限，外來侵略者無法建立一種榨取式政權，而必須要發展一種廣納式的政治體制，這是台灣民主發展的前置條件。而廣納式取向的政權，提供台灣企業發展的自主性，以及沒有嚴重對立的公民社會組織動員來挑戰威權體制，利用適當的政治機會讓台灣從戒嚴走向民主。這種全方位對於台灣民主發展的分析，打開我這個涉獵台灣民主研究很長時間研究者的視野，令人非常興奮。

對於學習社會學的人來說，我對於朱院士指出馬克思理論的缺失也是非常欽佩，特別是提到馬克思對於財產權理解不完備，忽略擁有權和支配權的差異，接著又提到共產主義消滅擁有權，但是要處理支配權的問題，必定讓共產主義走向極權統治，這真是一項重大的學術創見，讓我們又多了一個跳脫框架去思考馬克思的理論，並且加以修正。對於共產主義當成一個政治體制的本質，透過支配物質資源的權力集中而塑造出來的本質，可以有更為深入的掌握。

數位科技的發展對於民主制度的影響不是線性且同質的，其中一個重要的因素是國家政體是民主或是極權。由於數位科技具有個人使用裝置高度分散與去中心化，但是訊號傳遞、資料儲存與運作設施卻是高度集中化，且這些技術與資料具有高度的外部性，在一個極權統治的國家，政治力可以直接指揮擁有資料和設備的企業或組織，並且將這些資源當成是統治的工具，對於管理居民是直接且全面的，極權政治充分利用這樣的技術，使其控制體系更加穩固。相對來說，民主政體所有資訊的蒐集和使用會在公開透明情況下，一定程度接受公民組織的監督，以最近歐盟實施的《一般資料保護規範》（GDPR），就強化個人隱私權與遺忘權的保障，並且加入公民參與資料使用管理的機制，可以降低國家權力無限擴大，而脫離出民主自由的窄廊，變成一種極權體制的可能性。

朱院士在這本書對於國際政治的未來趨勢也提出一些重要的預測。二次世界大戰之後，冷戰的集團區分是建立在實質地理空間的區域政治關係，歐洲大陸的民主和共產集團對立、南北韓、台灣與中國等。但是在資通訊科技的普及運用到生活的各個面向，也影響國際政治的發展。數十年前美國和歐盟採取將中國納入世界經濟體系，希望透過這樣的合作可以改變中國的政治體制，並且可以促使中國與世界和平相處。但是中國處理香港社會抗爭的獨斷手法，以及中國透過武力展示宣告崛起的做法，相當程度改變民主國家對於中國的態度。朱院士指出：未來的民主體制對極權體制的抗衡，不再是地緣空間區隔的對峙，而是透過科技圍牆來區隔，也就是透過通訊設備硬體、軟體與各項通訊規則的設立，來組織動員自己的盟友，造成兩個不同對立陣營，而台灣除了第一島鏈地理位置的重要性，更因為半導體製程技術的全球領先地位，變成民主陣營不可或缺的成員。這種經濟技術能力跳躍性發展而轉換成維護台灣獨立主權和民主制度的防衛盾牌，是我們以傳統理論無法充分掌握的。

這本書絕對值得關心台灣的朋友閱讀，透過朱敬一院士深入淺出的文字，無論是對於台灣過去民主發展歷史的探究，或是對於台灣主權和民主未來發展的分析，讀者都可以得到前所未有的知識啟發，對於台灣和全球政治制度的辯護，也得以開展出一種不同的視野和想像，是我們武裝思想和捍衛台灣民主自由的利器。

（本文作者為國立台灣大學社會學系教授）

一個非典型學者的奇幻旅程

林明仁

一九八七年九月，我從台大農工系轉入台大經濟系就讀，必須補修大一「經濟學原理」，在許多學長姐的大力推薦下，選修了當時甫回國的朱老師班。還記得第一次上課時，就被老師精采的講授與霸氣台風所震攝。當代經濟學走的是數學化的路線，老師的課也不例外。但是他不僅推理嚴謹，對數學式背後的經濟直覺與所要描述的社會現象間連結的處理，更是非常乾淨俐落，毫不拖泥帶水。也因此上了半個學期的課之後，我就確定了兩件事：第一，轉入經濟系的決定，真的是太正確了！第二，我以後也要成為像他一樣的老師和研究者！

那個年代，其實也是台灣社會風起雲湧的年代，許多大學教授與學生，都紛紛投入改變社會體制的運動之中。不管是報章雜誌的投書，出版《解構黨國資本主義》或者是野百合等許多社會運動場合，人高馬大、講起話來條理分明、引經據典的朱老師，也很容易成為焦點。如何把學理論述與現實問題做出連結，老師也做出了非常好的示範。

後來我因為也踏入學界，從學生到同事，慢慢跟老師熟識，到現在居然也已經三十年了（大驚！）。我想認識他的人都會同意，博學多聞、議題多元、嫉惡如仇、傲氣外露，應該都是相當貼切的形容詞。（這幾年因為當上三個孫女的阿公，倒也慈眉善目許多）。而老師的研究也相當多元，從財稅到法律，從人口到生物，再從管理、貿易、政治到最近的社會不平等，各個領域都有他的足跡！也難怪加在他身上的學術動章也從來未曾少過：一九九八年獲選為最年輕的中研院院士，二〇〇三年獲得總統科學獎，二〇一〇年獲選世界科學院院士，更在二〇一七年與陳建仁前副總統一起獲選為美國國家科學院外籍院士！

但這些年來，我總覺得是他越來越不像一個經濟學家，反而越來越像一個社會科學家了！早期老師的書，如與林全合著的《經濟學的視野》，是從經濟學的角度出發，來解析政治與社會問題。但現在反過來是由社會科學的視角，回頭反思經濟學，特別是市場的不足與誤用之處。現在回想起來，之前分析問題時，老師的切入角度總是「經濟學但不全是經濟學」，到現在有這樣的轉變，的確是有跡可循的。

本書可說是老師在卸下WTO大使之後，對「台灣社會該往哪裡去」想法的總整理。而撐起整本書架構的概念，一言以蔽之，就是民主。本書環繞著當代民主所面臨的困境，分四個部分加以闡述並提出自己的看法。在此僅就本書架構做一簡要說明，並就其中幾點提出個人的想法，其他部分，就留給讀者慢慢咀嚼。

本書第一章討論的是「民主的進程」。作者從美國與拉美民主的關係，李登輝與台灣民主轉型的歷史開始，一路討論到民粹如何挑戰民主，以及投票制度應如何改善，最後則以如何建構永續的台灣民主制度作為結尾，對歷史、現狀、問題與對策，做了提綱挈領的說明。

在第二章「民主的補強」裡，他首先談到華爾街的金融創新應該如何管理，以及零和經濟學如何傷害市場。並藉由討論市場與民主、自由、人權之間的關係，提供界定市場邊界的基礎。接著話鋒一轉，討論了科技產業鏈、教改與人才養成，從人力資本累積的角度，探討人才培育與經濟茁壯可以如何補強民主。人才議題是今年全國科技會議四大議題之首，這部分見解，當可成為很好的政策建議。最後討論的是如何減緩台灣財富不均。這部分的內容，主要是從朱老師的研究團隊與《二十一世紀資本論》作者皮凱提（Thomas Piketty）的合作研究而來。由於我也是團隊的一員，故對此特別有感。這個研究，是在皮凱提的World Inquality Database的全球大架構下進行的。研究團隊首先記錄台灣過去三十年所得與財富不平等情況的演化，並與國際趨勢相比較，接著也討論了土地報酬率與租稅政策在其中扮演的角色。書中對這些成果做了簡潔有力的說明，也指出可能的政策解方。說朱老師是台灣對不平等成因與後果研究最深入的學者，應不為過。

本書的第三章，則是我最喜歡的一章。雖名為民主的威脅，但內容完全就是擔任

WTO大使任內，用他自己的話來說，「與匪鬥爭」的心路歷程。這一章的主軸是「民主與極權的必然經濟矛盾」，他從「不公平的市場准入」（unfair market access）此一角度切入，討論極權在政治與社會上必須控制網路的經濟後果。簡單的來說，就是十四億中國人無法上亞馬遜（或者是成本很高），但全世界的人都可以上淘寶，這等於是中國對世界其他人課了「資訊（以及後續購買商品可能性）的出口關稅」！另外，商業與隱私權的結合，大數據與AI的興起，也都讓國家資本主義想要強力管控的成本越來越小，誘惑越來越大，也成為對民主與市場的威脅！到了WTO之後，他也向各國（特別是美國）大使推銷此一論點。後來美中貿易戰中，網路限制所導致的不公平貿易成為一個重要爭點，也就不意外了。

最後一章民主的未來，首先從科技、網路與獨裁的關係切入，扣合A&R在自由的窄廊一書，討論AI時代如何影響國家與社會的競合後果。接著再以一帶一路為例，依克里斯汀生《繁榮的悖論》一書，對制度改變一定要能處理「長時間與社會相容的韌性的問題」，以及企業「進入不存在的市場」如何成為永續與誘因相容的經濟發展的過程，做了精闢的說明。但最重要的，其實是要論述台灣的國家大戰略，也應該要有跳脫框架與地緣政治的分析架構的創造性思維，不要在對方已經設定好的戰局打轉。就算是棋子，也可以藉由創造「不存在的市場」，展現改變棋局的決心！

能預判戰局走勢，不甘自作為棋子，提早運用實力，擴大台灣的影響，以形成關鍵扭轉，是本書要傳遞的最重要訊息，也是老師對台灣的期許，然而這並非易事。除了要有廣博的知識作為應變的基礎外，還得有銳利的分析能力，簡潔的刻畫出本質與架構，才能看到讓所有人誘因相容的選擇，讓事情朝著自己的願景前進。老師在經貿、外交、科技三個場域的親身經歷，特別是在擔任WTO大使期間，在中國強力影響之下，跟以色列大使談文學、跟德國大使談納粹與共黨、甚或用書法、蘭花、包子結交國際好友等創新作法，以突破外交困境，就是這些做法的最好例證。

然而，雖然有這麼多的政治經歷，三十年來，他始終是一名學者。在民主人權的社會基礎上，他將學術作為一種志業，政治則是他實現這個志業的工具。而他也明白，學者最重要的工作，是為台灣思考未來。除了要有遠見外，還要能倡議、必要時當然也要有行動。但最重要的，是千萬不可「捨我其誰，一路跟到底」。想要的社會的改變，推過轉折即可。過猶不及，皆非最適解。此間分寸如何拿捏，老師也做了最好的示範。

另一件學者一定會做的事，則是作為一個播種者，盡心培育下一代。今年剛好也是他在國科會人文處長任內開辦高中生人社營二十週年紀念。他在臉書貼文提到：

> 涉入公共領域二十年，自己最欣慰的四件事：一、開辦高中生人社營，二、啟動國科會「創新創業」計畫，三、中科四期省水轉型，四、在WTO與匪鬥爭。昨天，人社

營二十歲生日。營隊如西風：「花少不愁沒顏色，我把樹葉都染紅」。

由於當天我也以人文司長的身分到場致詞，因此我也在底下開玩笑的回覆：人社營排第一呢！雖說但開風氣不為師，但就如凱因斯所說：「人們多半以為自己可以不受任何思想的影響，但實際上卻常常是已故經濟學家的奴隸。」說這是老師出書的陽謀，應不為過。但凱因斯也接著說：「不管對於將來的影響是好是壞，具有危險性的終究是思想」，希望老師未來，可以繼續危險下去！

（本文作者為台大經濟系特聘教授、科技部人文司司長）

【自序】

思考台灣大未來

二〇一六至二〇一九期間，我擔任中華民國派駐世界貿易組織（WTO）的大使。三年間讀了不少雜文，回台之後寫成《牧羊人讀書筆記》一書。我自嘲這三年是在「北海牧羊」；北海是指日內瓦北國之地，牧羊則是在異域「經營」。外交官要經營什麼呢？當然是拓展邦誼、爭取國際支持、合縱連橫各方勢力，為台灣爭取最大的利益。

這三年外放的特殊機緣，恐怕是絕大多數人少有的際遇。我自己是經濟學的專業，粗通產業經貿。外派期間恰好遇上百年難得一見的「美中貿易大戰」，駐WTO大使是在最前線，遂有國際場域合縱連橫的密集實戰體驗。二〇一七年之後，美中對峙正式把「科技」面加入；隨著美國制裁ZTE、華為、抖音、逮捕孟晚舟、施壓台積電，美中戰線迅速蔓延，幾乎形成以科技為核心的全面鬥爭。碰巧，我自己在二〇一二至二〇一四擔任過台灣「國家科學委員會」的主委，對於科技政策與資通訊知識都有一些涉獵，遂能對百年難見的美中科技對陣，別有一番體會。親身體驗這種經貿×外交×科技的刀光劍影，就是我前文所說的難得際遇。

分析美／中衝突的緣起

坊間許多評論指出，過去十年美中之間之所以會產生大衝突，是肇因於中國日益高調的擴張。習近平明白捨棄了鄧小平的「韜光養晦」，透過亞洲投資銀行、一帶一路、南海擴建礁島、打造航空母艦、推出「中國製造2025」與「中國標準2035」、戰狼外交等，高姿態地向世界宣揚其「霸主」地位。簡言之，論者認為，中國的高調稱霸作為引發了所謂修昔底德陷阱（Thucydides Trap），遂有兩強之間的對峙衝突。在對台政策方面，中國則是催逼甚緊，對於蔡政府幾乎是不假辭色，軍機飛越台海中線示威幾成常態，「武統」喊話甚囂塵上，威脅台灣的安全與民主。許多人都認為，二〇二一年應該是影響台灣未來發展關鍵的一年。

台灣面對這樣大國相爭的環境，要如何自處呢？在《牧羊人讀書筆記》中，我提出pivoting的戰略構想，譯成中文是「關鍵扭轉」。所謂關鍵扭轉，就是希望台灣能預判戰局走勢，在若干面向超前布局，然後在未來的兩、三年間，運用我們的實力擴大這個預先布局的影響，期待三、五年後形成對我們更為有利的大環境。這樣的布局，不是偶發的、斷續的，而要持續性地推展。關鍵扭轉戰略不同於傳統的「槓桿」。槓桿是在「給定戰局」中左右游移取捨，希望在平衡中求生存或是圖進取；關鍵扭轉則是要靠當下的小小投資，促成未來某些有利於台灣的「嶄新戰局」的出現。

我認為這是一個正確的戰略思考。但是當我在若干場合演講時，聽眾經常提出的問題是：槓桿平衡很容易思考，大抵是「不要明顯站邊」的邏輯；但是朱老師你所說的關鍵扭轉，要從哪裡切入呢？要如何操作呢？如何能期待其發揮扭轉效果呢？這些問題問得好，一時之間我也沒辦法回答。

不只是大國爭霸，更是基本價值衝突

二〇二〇年八月十日，一則新聞又啟動了我的思考。當日，香港政府以北京新頒布的「國安法」罪名，逮捕《蘋果日報》創辦人黎智英。每個人也許對《蘋果日報》的風格有不同的評論，但是媒體風格終究是枝節；踐踏新聞自由卻是個大是大非的問題。

中國的「法治」當然是個笑話，但是純粹因為言論而逮捕新聞媒體發行人，卻是為中國共產黨寫下一個再也無法辯解、無法遮掩的劇本：中國共產黨是一個沒有人本理念、不了解啟蒙意義、活在一百多年前鴉片戰爭陰影、誤解國際環境、以為暴力壓制是唯一真理的政黨。逮捕媒體發行人，呈現了中國共產極權體制與民主自由之間的終極矛盾。中國共產黨在香港的所作所為，讓我對於美／中衝突的本質，有了深一層的體會。

關鍵扭轉是指「預判局勢，提前部署，希望若干時間後產生有利於我的大改變」。這是一種改變「棋局」的思考，跳脫傳統「棋子」、「棋手」的簡單二分法。如前所述，執行這個戰略最關鍵的，就是要找到關鍵扭轉的方向，才能引領前述「提前部署」。我建議的大方向是：先尋思「民主與極權體制的終極矛盾」，然後，就各個終極矛盾點，開始提前部署；或是提醒民主國家體認其即將面對的矛盾，或是解說論述矛盾之危害，或是協助形成因應矛盾的彼此聯繫。

當我們構思「戰略」之前，當然更重要的課題是要思考「為什麼要作戰」？台灣如果涉入一場與中國的抗爭，我們想要爭取的是什麼？想要維護的是什麼？必須要回答這個「為何而戰、為誰而戰」的問題，我們研擬戰略才有意義。在《牧羊人讀書筆記》中我已經明白陳述，台灣最珍貴的價值、與對岸最大的不同，就是我們的「民主」。中國迄今還活在鴉片戰爭的陰影之下，整天想大國崛起、民族復興、與美爭霸。但是依據以往許多民調，台灣人民早就擺脫了民族主義的陰影，所有人最珍惜的，是我們民主的生活方式。所以簡單地說，中國以為兩岸之間是「民族」問題，台灣卻認為兩岸問題的關鍵是「民主」。準此，前段「民主與極權之間的矛盾」，既是我們為何而戰的核心觀念，也是我們尋找戰略方向的思考發軔。對此，我們在此書後續將會解說。

台灣外交局面的多面向突破

執行關鍵扭轉戰略，也需要一些觀念的調整。關鍵扭轉的方向極少應用在「已經存在」的戰局中，絕大多數是用在開闢新議題、深入剖析可能的矛盾、提醒盟友理解情況。台灣面對的舊戰局（例如WHO、小邦交國的爭取等）未必要棄守，但是不能在那裡太過消耗戰力或士氣。又由於特定議題只有某些國家能協助改變局面，因此外交重點也要有所調整。

由於關鍵扭轉戰略跳脫了傳統的外交思考，許多終極矛盾面向幾乎與傳統外交無關，亟需引進資通訊、網路安全、電子商務等專家做討論，故決策體系需要調整。以下我用南海紛爭舉例說明。南海紛爭似乎是一個台灣難以使上力的外交議題。中國不理國際法庭的判決，拚命在南海填島占礁，氣焰囂張。美國則是艦隊穿梭，飛機大搖大擺地飛過。台灣呢？以往，台灣除了發發聲明，根本無從切入。

許多人都知道，南海周邊國家如越南、菲律賓、印尼，因爪哇海溝受擠壓，都經常受到海嘯威脅。台灣的地震科學團隊在南海周邊國家設有數十個地震觀測站，為全球最多，能夠及早測知地震，做海嘯預警，可能拯救幾百萬人的生命。這些地震觀測站設置維護很便宜，需要經費不多。更重要的是：南海周邊國家不信任老共設置的雷達（鬼知道雷達有沒有其他用途？），只信任「沒有地緣野心」的台灣。以上這個「中國與南海周邊國家地緣終極矛盾」切入點，恐怕完全不在傳統外交部的思考範圍，而需要科技面、地震科學面的參與甚至主導。要執行關鍵扭轉，就是要這樣跳越框架地廣泛思考。

台灣大未來，需要年輕人集體創作

這本書，是寫給台灣年輕人的。具體來說，我有三方面的期待。一、我想為台灣年輕人導覽我們得來不易的民主、分析當前的國際局勢、解說中國共產黨的制度問題、凝聚台灣社會的政策共識，幫大家了解我們面對的環境。二、在做好前述打底工作之後，我希望年輕人一起投入台灣社會的改造，讓我們的民主環境更有凝聚力，能夠與對岸的極權資本主義、掛羊頭賣狗肉的假共產主義，形成更強烈的對比。三、我希望請年輕朋友一起來構思台灣的未來；「關鍵扭轉」是一個需要創意的戰略構思，需要多一些人的投入，才能醞釀出更豐碩、效果更好的戰局，有效拓展台灣的生存空間。由於在資通訊時代國際局勢不限於「地緣政治」

一個面向，所以我們可以在許多方面做關鍵扭轉的嘗試，切入點不虞匱乏。

本書的主題是「台灣大未來」，既包括台灣社會的內部改造，也討論台灣外交環境的變化與我們的自處之道。在這些面向，我們能夠做的事，其實非常多。如前所述，「關鍵扭轉」戰略布局可以切入的課題非常多元，資訊應用、人工智慧、量子運算、電子商務、南海資源、晶片設計等，全都需要年輕人的創意突破。中國共產黨這個極權體制，想要披著市場經濟的外衣，矇混進自由民主的市場，終究是會處處扞格的。這種種潛在扞格牴觸，就是一個個關鍵扭轉的議題空間。

本書切分為四個主軸：台灣民主的進程、台灣民主的補強、台灣民主的威脅、台灣民主的未來。進程談歷史與情境，補強提出改善社會體質的方向，威脅是要了解隔壁維尼，未來則論及國際戰略，尤其是跳跳虎的角色。每個主軸都是以正面分析為主，但是最後也觸及我對坊間其他誤導見解的評價。

Take it personally

二〇一五年，我巡迴台灣若干校園，以「台灣社會的不公平」為題，做多場演講，向大學生解說我們社會的高房價問題、薪資凍漲問題、所得分配不均問題、財產集中問題。在場學生最常詢問的就是：「老師，我們能做什麼？」如果社會非常不公平但是大家能夠努力的方向非常有限，那麼年輕世代就是「崩世代」，結論悲觀。我對年輕學子的建議很簡單：take it personally。我希望台灣每個年輕朋友，都能把「台灣永續民主問題」、「台灣社會公平問題」、「台灣未來走向問題」等，當成自己切身的問題，像是會讓自己疼痛、會造成家人傷害一樣，勇敢而認真地面對、思考、處理、發聲。

關鍵扭轉的思考方向需要銳利的思考。年輕人正值生猛，大家一起努力，才能真正開展台灣大未來，永續台灣民主。這是理想、是心願，所以一定要寫在前面。

於台北南港中央研究院二〇二〇年十一月十日

I

民主的進程

一、台灣民主的非典型導覽

戴雅門（Larry Diamond）是國際知名的政治學者，在史丹福大學教書長達數十年，也主持過若干大型的跨國調查計畫。他的研究與杭廷頓（Samuel Huntington）有點相關，分析最近一個世紀全球各國幾波「民主化」的風潮。第一波、第二波民主化年代已久，這些舊石器時代的故事與年輕朋友相當遙遠，在這裡不再提了。所謂第三波民主，則是指一九八九年柏林圍牆倒塌之後的轉變，包括許多東歐國家與南美洲國家由極權轉向民主。杭廷頓的名著《第三波：二十世紀末的民主化浪潮》，就是在描述這第三波民主化的過程。但是台灣走向民主的過程，與這些主流政治學者的歸納，頗有不同。

靠跨國調查，拼湊出「民主」圖像

許多美國學者在民主轉型方面的研究，相當著重大型的跨國調查。由於要做「跨國」研究，所以他們問卷調查的問題，在各國必須要有相當的一致性，否則難以比較。又因為這個「跨國一致」的要求，題目也就只好簡單，例如問受訪者：一、你是否同意「民主或許有其問題，但仍是最好的政治體制」？二、「我們是否應廢除國會及選舉，讓強而有力的領袖決定一切」？

戴氏串連了許多國家的政治學者，用前述這些相同的問題在泰國、菲律賓、台灣、阿根廷等許多國家做調查，然後用民眾回答的百分比，判斷該國民主化的程度。同樣的調查可以跨年做若干次，看看重大事件前後，人民對民主態度的轉變。

二〇一九年戴雅門寫了 *Ill Winds* 一書，中文譯為《妖風》，內容描述全球各地的「反民主」風潮（所以稱之為妖風）。促使戴氏撰寫此書的動機，不是其他國家的民主指標變化，而是美國。作者發現，在二〇一七年，居然有二四％的美國人「渴望強人統治」。老牌民主國家竟然出現如此令人汗顏的反民主訊息，再加上川普政府的諸多政策、命令、言論都有強烈的反民主取向，作者遂以 Ill Winds 名此書。他在書中細數川普的種種不是，一則大開倒車動搖美國的民主根基，二則棄世界盟友於不顧，冷眼看著反民主的妖風在世界各地狂吹。這樣的妖風滿樓之勢，頗有山雨欲來的悲哀。戴雅門非常擔心他堅定信仰的民主環境，有可能因此而搖搖欲墜。

美國在全球民主進程扮演的角色

基本上，戴雅門等學者基於調查數據而呈現的民主分析，不能說有什麼錯。但在這樣的框架下觀察台灣的民主進程，觀照意義有限。他的論述，呈現了正港美國政治學界的「民主觀點」，有它的條理，也有它的缺陷。了解了這些優缺點，更能幫助我們掌握美國在全球扮演的角色、最近十年美／中衝突的大環境，以及台灣當前的處境。

首先，戴雅門非常強調、也非常自豪美國對於全球民主推展的貢獻。戴氏以美國當年促成北大西洋公約組織（NATO）成立為例，認為那幾乎是保護西歐十餘國民主命脈的關鍵。戴雅門也讚揚美國宣揚民主的公共外交、支持全世界的民主人士、對緬甸泰國菲律賓等獨裁政權的施壓、給予全球各類民主人士政治庇護、凍結強盜獨裁者在美資產等。這些都是美國對全球民主的貢獻。

但是，戴雅門絕少提及美國廣為詬病的負面故事。正面形象與負面形象是兩碼事；我不同意「正面／負面加權抵消」這樣的邏輯，也不接受「利大於弊」或是「弊大於利」這樣簡單的「利弊消去法」。如果國際社會對於美國有不同看法，我們總是要誠實面對問題，才能算是真正的、具有誠意的反省。也唯有如此，得到的結論才不會偏頗。

大部分美國學者鮮少提及美國在一九六〇年代至一九八〇年代在全球許多國家所鼓動的政變，甚至是傳聞甚囂但是難以證實的暗殺。此外，即使到現在，中東都還有「與美國交好」的獨裁政權，例如沙烏地阿拉伯。過去七十年，美國一直面對這種「聲稱反共的貪腐極權獨裁者」，外交政策上處於兩難：不支持他們，擔心蘇聯或中國趁虛而入，鼓動共產革命，成為蘇聯或中國的附庸；支持他們，則該國始終脫離不了獨裁，政權在該國也是離心離德。美國若疏離獨裁者，則俄羅斯或中國立刻填補空虛；美國若制裁獨裁者，則容易傷及該國人民。這樣的事例滿坑滿谷，也使世界各國對美國時有兩極評價。

美國後院對美國的評價

讓我舉幾個在外交場合的實際經驗，作為茶餘飯後的佐證。例一：二〇一七年，川普宣布美國要退出全球普遍支持、共同努力減少二氧化碳排放的《巴黎協定》。我當時在WTO做大使，因為工作需要做了一點功課，發現全世界沒有簽署《巴黎協定》的只有三個國家：台灣、尼加拉瓜、敘利亞。敘利亞可能因為連年戰亂，無暇於此；台灣因為不是聯合國會員，想簽人家卻在老共壓力下不讓我們簽署。但是尼加拉瓜呢？

尼加拉瓜是與台灣有邦交的，我與該館官員聊天：為什麼你們國家沒有簽《巴黎協定》呢？他說：因為美國人帶頭，老美簽我們就不想簽。我一臉狐疑問：可是這不是對抑制全球暖化有幫助嗎？答：過去百年美國人排放那麼多二氧化碳，一旦簽署協定，好像他們以前的作為就得到救贖（redemption），這樣不公平。我再問，可是別的國家也都了解過去歷史，但也都向前看啦？尼國官員有點不耐地說：Cyrus, do you know how many times they invaded us? Seven times!... 這就是中南美洲國家對美國的觀感。

例二，是二〇一八年川普宣布要對「中國製造2025」的產品課稅。從現有國際貿易規範的角度看，這種「對七年以後才可能出現的商品課稅」，相當邏輯錯亂。依WTO的規定，只有商品已然開始生產，而政府基於出口擴張或進口替代的理由給予補貼，因而傷害其他國家的，才能經WTO司法程序，而課徵懲罰性的關稅。但是由於二〇二五的商品在二〇一八年八字還沒一撇，與前述規範完全搭不上邊。

美軍協防下的台灣政治環境

我的直覺是：這些「中國製造 2025」的商品，許多都是有報酬遞增特性的高科技產業，有「現在領先，將來就可能持續領先」的特性。雖然該產品還在研發階段，尚未生產，但是 WTO 原本「只看商品、不管研發過程補貼」的規範，視野狹窄了些，也許問題在此。於是，我把理論概念釐清，寫成 "Three Changes Not Foreseen by WTO Rules Framers Twenty-Five Years Ago" 學術論文＊，遊走各國使館，展現台灣代表團的專業，也聽聽他們的批評指教。

在與墨西哥大使館官員溝通時，他們除了專業回應之外，也表達對美國／中國貿易大戰的看法。某官員說：Cyrus, for all Mexican students, we have been taught over and over again since elementary school, that the Americano took away two-thirds of our country's land... 這，就是中南美洲國家對美國的觀感。

與前述許多中南美洲國家一樣，台灣二次大戰後七十餘年，其政治發展走勢也與美國息息相關。但是台灣的處境比中南美洲單純；美國不曾占領過台灣，台灣也不曾與美國有任

＊論文連結：https://kluwerlawonline.com/api/Product/CitationPDFURL?file=Journals\TRAD\TRAD2019036.pdf

何戰爭，所以台美之間，沒有如中南美洲國家那樣的恩怨情仇。

一九五〇年五月韓戰爆發，六月美國總統杜魯門即下令第七艦隊協防台灣。由於台灣是海島，中國侵犯台灣需要海軍運送士兵登陸。當年中國海軍實力完全無法與美國抗衡，所以第七艦隊協防，幾乎就形成台灣非常安全的保護網，再加上美國半買半送的戰鬥機，也幫助台灣的空軍取得制空權。協防期間一直持續到一九七九年，在這樣的大環境下，台灣沒有什麼「外患」的威脅，能不能走向民主，就純粹看「內政」了。

台灣走向民主的關鍵時程

杭廷頓的名著《第三波：二十世紀末的民主化浪潮》記述許多東歐、南美洲國家，在蘇聯解體之後轉向民主的過程，時序上與台灣頗為接近。台灣的解嚴是在一九八七年，該年是我們從極權轉型為民主體制的關鍵點。雖然時間上看，台灣好像是搭上了第三波民主的列車，但是仔細觀察，台灣經驗似乎又與蘇聯、東歐、中南美洲無涉。以東歐為例，許多國家之所以無法民主化，是因為蘇聯的壓制；而蘇聯解體，才使得捷克等國家能夠進行民主轉型。硬要把台灣扯上所謂第三波民主，論述上非常勉強。以下，我想從兩個角度解析台灣的民主化：一是島內的民主運動進程，二是民主轉型的理論背景。

吳乃德先生撰寫的《臺灣最好的時刻》，記述一九七九年美麗島事件的前因、經過、逮捕、刑求、審判，以及後續的台灣社會氣氛大轉變。一九七九年我還在服兵役，接收到的訊息主要是官方的「政治作戰莒光日」版本。年紀漸長之後接觸多了，才逐漸聽到另一番見解。吳乃德對於美麗島後續的起訴與審判描繪，相當完整地呈現了當時「民主對抗獨裁政權」的攻防。

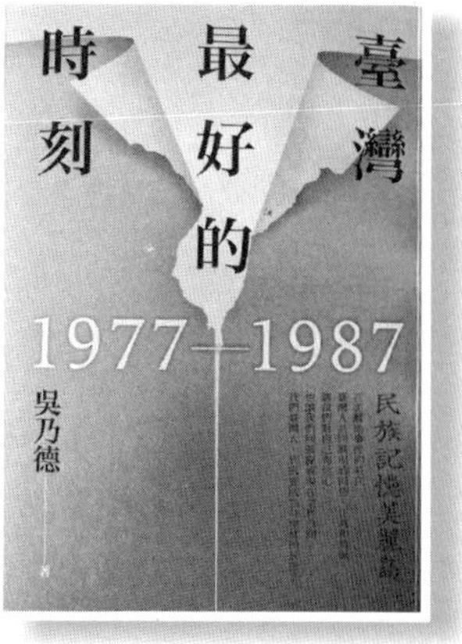

從學術研究的角度看，吳乃德撰寫這一段歷史，嘗試要勾勒出兩個推論：其一，美麗島事件是催生台灣民主的關鍵大事。大逮捕與大審判不但未能達到統治者預期的壓制效果，反而引起民間的廣泛同情、國際的極大壓力，於是審判定讞之日反而是反對運動風起雲湧之始。簡言之，美麗島事件，是台灣先賢推動民主的「第一棒」；有這第一棒，才能有後續的二、三棒。其二，一九八七年政府宣布解嚴，不是因為蔣經國的善意或德政，而是國內外環境壓迫下的不得不然。

台灣為什麼會解除戒嚴？

吳乃德認為，一九八〇年美麗島審判後，又有一九八一年的陳文成命案，以及一九八四年的情報局授命赴美刺殺江南案，都讓國民黨國際聲譽大損。在一九八六年菲律賓馬可仕政權垮台之後，終於「逼」得政府於一九八七年宣布解嚴。

以上吳乃德的論述，有點像是在探討「台灣為什麼會宣布解除戒嚴」，可以單獨拿出來解析。經濟學者艾塞默魯與羅賓森（Daron Acemoglu 與 James A. Robinson，以下稱 A&R）所著的《國家為什麼會失敗》與《自由的窄廊》兩本書，恰可比較解析以為參照。A&R 指出，國家由極權獨裁走向自由民主，是非常不容易的。能不能轉型成功，背後有些歷史脈絡因素，也有許多機緣巧合。

通常，每個獨裁者都牢牢掌握統治機器，維護著統治菁英的利益；但是另一方面，則有往民主體制

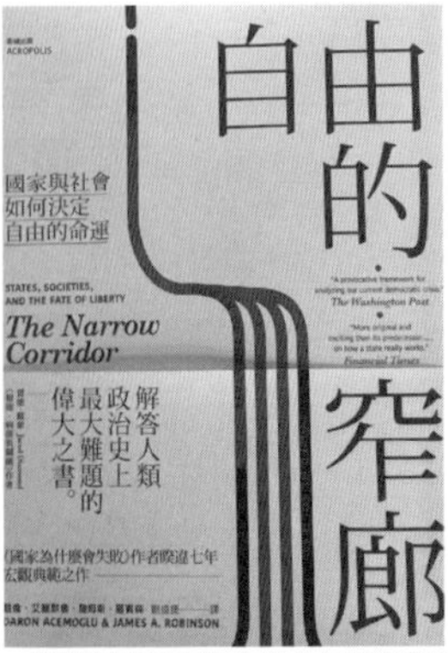

發展的社會改革壓力，不斷逼迫統治者改變、回應。在一九四九到一九八七年間的台灣，前者當然是指國民政府的統治高官，而後者則包括早年的雷震與傅正創辦的《自由中國》、黨外人士編印的《美麗島雜誌》、中壢事件、美麗島事件等一系列社會抗爭與衝撞。

歷史演變背後的制度與意外

A&R認為，必須要社會力與菁英統治力大致勢均力敵的時候，民主自由的政治才可能出現。若是社會力太強，往往演變成許多國家的暴民政治與政府失能，社會如同叢林，人民自由當然無從保障；但若是菁英統治力太強，則必然形成獨裁極權，人民還是受苦受難。A&R的分析顯示，菁英統治與社會制衡彼此勢均力敵的變數條件相當狹窄，A&R遂以「窄廊」來描述民主自由之得來不易。

A&R認為，歷史沒有必然，而窄廊之所以窄，部分原因就在於外在環境的可遇不可求。就台灣而言，美麗島事件後的刺殺江南案、陳文成案、十信案、礦坑倒塌案，在當年都是偶發事件，間接促成了統治者的沉重壓力，逼得他們不得不退讓，這些都是外在機緣。有了美麗島事件與外在機緣，台灣的民主發展還得要有人接手第二棒；這是下一章的討論重點。在進入第二棒之前，我想討論一下A&R論述所遺漏的國際面向。

福爾摩沙七十年的幸運時窗

在A&R「國家民主轉型成功」的案例中，最常討論的就是英國的光榮革命、法國大革命、美國、德國等。就單一國家而言，A&R的分析是完整的。但是，一個國家成功地在窄廊中奮進，政局穩定、經濟成長，往往表示它逐漸成為強國。這些強國的統治菁英在國內受到社會力的制衡，他們卻經常將國力發洩到國外；殖民、侵略、屠殺、掠奪，甚至滅族。所以簡言之，一個國家在該國的窄廊之內，卻促成了另外一些國家逸出窄廊之外，甚至數百年不能翻身。以台灣為例，我們現在應該是在民主窄廊之內，但是在可見的未來，對台灣民主威脅最大的，不是來自體制內，而是來自對岸中國。

所以，台灣的際遇相當特殊：在一九八〇年之前，台灣在美國的協防之下，阻絕了中國「血洗台灣」的威脅。能不能從威權走向民主，完全取決於「內政」。到了二〇二〇年之後，台灣已經在民主窄廊中站穩了陣腳，國內幾乎不可能再走威權的回頭路。但是對岸中國經濟力增長，整天威嚇台灣，反而成為我們民主能否永續的最大外在變數。

這讓我想起羅爾斯（John Rawls）的經典著作《正義論》（*A Theory of Justice*）。依我粗淺的理解，在羅爾斯之前的古典自由主義，爭辯了一百多年國家與個人的權利分際，規範國家不得如此這般地侵犯個人自由。但是儘管這些先進國家的自由人權論述枝葉繁茂，卻始終沒有觸碰（從國外綁架到本國的）奴隸，也沒有觸碰（從本國侵略到國外的）殖民，彷彿這些奴隸或殖民地的外國人民都不是「人」一樣。這樣的理論矛盾，一直要到羅爾斯的「平等自由」概念提出，才對自由的跨國界、跨種族平等涵蓋有些理論基礎。但即使如此，許多權利（例如入境、就業），都還是有國家國籍的限制。

我想說的是：如果「一個國家走向富強就必然導致另一個國家走向失敗」，那麼就全世界的格局來看，我們是不是就必須要拓展研究視野，不能只看一國一地的窄廊呢？台灣從一九四九到現在約七十年的時間，其中並沒有殖民者、帝國主義的侵犯，這是台灣的幸運時期。雖然走向民主的過程艱辛，但是比起戰火不斷的世界其他地區，已經是彌足珍貴了。不過要討論台灣在二〇二〇年之後的民主未來，我們不得不在後續的章節，把「中國」因素納入分析。

二、李登輝接下台灣民主轉型第二棒

在二十一世紀，全世界還有哪些國家專制、貧窮、非民主、統治者壓榨人民？答案大家都很清楚：非洲幾乎所有國家都還不算穩定的民主。中南美洲幾乎所有國家都僅在民主的起步，制度難謂穩定，人民生活也難謂富裕。東歐與中西亞及中東諸國或離民主有距離、或是在戰亂中殘喘，皆在A&R所說的自由窄廊之外。中南半島、巴基斯坦等南亞諸國，也離政治民主相當遙遠。台灣與前述這些尚未走向民主的國家，有些什麼不同呢？

榨取式殖民經驗，積重難返

我們仔細看看前述尚未民主化的國家，大概可以發現：他們或是一、長期受到帝國主義殖民（如非洲、中南美洲、南亞）、或是二、長期被帝國主義強權占領（如東歐諸原蘇聯成員）、或是三、本身就是共產主義國家（如俄羅斯、中國、越南、北韓）。以上這個分類或有重疊，例如北韓與越南，先前都是帝國強權的殖民地，二次大戰結束殖民者離開之後，又變成共產主義國家。

前章提到，A&R 的分析非常著重歷史脈絡。例如，他們曾經解釋：為什麼西班牙人、葡萄牙人占領的中南美洲沒有辦法孕育民主體制，而英國人與法國人占領的北美洲卻可以。A&R 認為，倒不是因為英法兩國殖民者「好」、西班牙殖民者「不好」，而是因為在地環境的差異。我們以下將會解說，為什麼這個論述也可以應用到台灣。

五百年前的中南美洲，聚落密集、人口眾多、金銀礦藏豐富。西班牙與葡萄牙殖民者從來沒有想要「經營」南美，他們只是想要「榨取」（extract）在地的金銀珠寶，運回母國。由於中南美人口密集，所以西葡兩國可以輕鬆榨取，一個部落一個部落燒殺掠奪、欺騙勒索，就能金銀滿載而歸。基本上，「榨取」像是一種「採集狩獵」，而不是定居耕種畜養。殖民者「逐金銀而居」，把在地部落當成狩獵對象，不想定下來累積任何資本。

但是英法殖民者到北美，卻發現環境截然不同。北美既少金銀，且人口部落密度低、聚落疏散，根本無從榨取。是在這麼不得不然的環境之下，英法殖民者「只好」在地開墾、放牧、建築、設廠，是一種截然不同的殖民經營，A&R 稱之為「廣納型」（inclusive）。

A&R認為也只有在「廣納型」的政治經濟環境下，才可能創造、支撐民主自由的體制，維持經濟成長的制度動能。

拉丁美洲「懷璧其罪」

我必須再強調一遍：殖民者在本質上都是要榨取殖民地的，絕對沒有好壞之分。之所以作為上有所不同，是因為環境使然。中南美洲的印地安人像是「懷璧其罪」，資源太豐富，反而招來最惡劣的殖民者對待。

前述兩種殖民方式，會產生什麼不同呢？A&R的分析是這樣的。他們認為：北美洲的開墾、放牧、建設模式，因為人口太少土地太大，必須要糾合眾人方能成事，又必須以提供誘因吸引人民參與為前提（例如美國中西部早年的土地放領政策），且必須要保障開拓者的利益，才能創造「恆產恆心」的開拓衝勁。但是久而久之，這些各行各業的共同開發者散布既廣，也有要求政府遵守先前承諾的共同目標，遂給政府廣泛的制衡壓力。這就促成社會力量的廣納凝聚，形成制衡政府的大框架、大環境。

但是在以榨取為主的中南美洲，不但沒有共同開發的社會群體，也沒有需要維護的產權利益，當然也就沒有社會制衡網絡。此外，西葡殖民者一個部落接一個部落的榨取，也造就了一個「彼可取而代之」的政治氛圍，於是踢走一個獨裁者換另外一個獨裁者是常見戲碼，大家依樣畫葫蘆，照樣榨取，正是許多中南美洲、非洲「獨裁更迭」的寫照。這種情況，一直持續到二十世紀初方稍訖。幾百年下來，中南美洲殖民地面對這樣的榨取模式，幾乎已經是統治的常態，於是人民根本不想置產（以免後來又被榨取）。一旦殖民者在二次大戰之後倏然走人，那些國家便新冒出來一批在地統治者。在榨取統治文化的長期浸淫下，他們的作為，怎麼可能有所不同？

此外，在非洲殖民的諸國還有一個本質上即為榨取的常態，遂行了數百年，就是奴隸販售。英法等殖民者到處抓在地原住民黑人，更像是把人當獵物般「狩獵」，抓到了就送上船，運往美洲，只要船上「獵物」死亡率得以控制，且新大陸奴隸售價抵得上大西洋半個月的運費，就是奴隸交易的利益。如此一個部落、一個部落搜刮奴隸，完全沒有建設意圖，那正是榨取模式的典型。

外來勢力的「土斷」壓力

我們可以把 A&R 的理論套用在台灣，看看台灣政經體制在一九七〇年代究竟是「榨取型」或是「廣納型」？二十幾年前，我與幾位台大經濟系同事共同撰寫過《解構黨國資本主義》，整理國民黨黨國不分、政黨兼營利事業的理論錯誤。但是就經濟面而言，除了相對少數的黨營事業，台灣的資本主義大環境還是容得下其他的利益追尋者；這與菲律賓、印尼等地「裙帶資本主義」廣泛，有相當的距離。

文獻記述：印尼的蘇哈托與菲律賓的馬可仕，幾乎把全國近九〇%的重要企業、職位，都由親朋好友分杯羹，台灣的商場卻完全沒有這種現象。當時台灣政府在政治面卻頗有強壓之勢：萬年總統、萬年國會、限制政黨、管制媒體、情治監控等都是。此外，重要政府官職幾乎不成比例的是外省人，但是在經濟方面卻頗為廣納。這像是政治／經濟的雙軌模式。

但是時間一久，雖然最高層統治者還是外來，但絕大多數人民的「省籍源頭」自然淡化，朝「土斷」方向挪移。政治面的不平等終究漸趨弱化。這樣的氛圍，逐步強化了「廣納」的大環境，漸漸形成一個全民的社會制衡壓力（例如新世代大學生的廣泛參與，一九九〇年的野百合學運，天然獨世代的成形），應該有助於台灣的民主形塑。

總之，我認為二次大戰後台灣的政經環境，與拉丁美洲諸國所謂「第三波民主」的國家，有相當的差別。台灣沒有什麼豐富的礦產資源可供搜刮掠

奪。台灣平原面積狹窄，河流短促不利灌溉。也因為如此，日本的殖民並沒有像拉丁美洲那樣，在台灣留下「廣泛榨取」的惡劣政治文化。沒有「懷璧」，是福爾摩沙的幸運。也許，這也是台灣在一九八〇年後，能夠逐步邁進「自由窄廊」的部分原因。

由萬年國會到總統直選

當然，台灣沒有外患壓力、沒有懷璧其罪、日本殖民時期沒有遭受「榨取式」的統治、在島內民主運動推動關鍵時刻（美麗島事件之後）又有諸多外在因素逼得主政者不得不退讓等，都有利於台灣的民主轉型。但是除此之外，李登輝前總統絕對也扮演了關鍵的角色。

李先生在一九八八年蔣經國去世後接任總統，至二〇〇〇年卸任，任期將近十二年。他在任內透過數次修憲，改變了久受詬病的萬年國會、建立了總統直接民選、逐步塑造了政治的「本土化」。他巧妙地利用民間的支持與社會運動，轉換為政治改革的壓力，一步步將台灣帶往民主的方向。他二〇〇〇年卸任之時，民主進步黨的陳水扁當選總統，也完成了第一次的政黨輪替。首次政黨輪替在許多國家都免不了腥風血雨，但是在台灣卻異常平和，這也是李登輝被稱為「民主先生」的原因之一。在這個過程之中，李登輝總統如何扭轉台灣與中國之間的關係，值得我們仔細觀察。以下的例子，恰可援引為討論。

在《錢復回憶錄》中，錢先生認為「大陸政策的位階應該高於外交政策」，「大陸政策就是國家統一政策，只要我們堅持這項政策，台澎金馬地區的安全應該是能保持的」；這大概是錢先生與當年許多國民黨高官的判斷。到了二〇二〇年，有多少台灣人會同意錢先生所說的「國家統一政策」，令人存疑。但在當時，那就是主流觀點。

李總統外交戰場的戰略突破

在回憶錄中，錢復先生一再提到，李總統一九九五年訪美並到康乃爾大學演講，他深不以為然。錢復說，這個訪問「只有象徵意義沒有實質意義」。而李登輝透過劉泰英請卡西迪公司遊說，繞過美國國務院與國安單位，也讓這些美國外交機關對台灣甚為不滿，以後也就常給台灣穿小鞋，讓台灣在外交上吃足苦頭。用白話文說，在錢先生來看，李登輝訪美是「戰術成功戰略失敗」、「贏了小戰鬥輸了大戰局」。

我們都同意，所有作戰都切忌「戰術成功戰略失敗」。如果李登輝訪美只是完成一項個人成就，是「一次性消費」，那麼為此付出「美國國務院對台灣深惡痛絕」的代價，就頗為不值得。但是李登輝訪美究竟有沒有戰略意義呢？我認為此事可以討論，未必如錢先生斬釘截鐵所言那樣「只有象徵意義」。

自一九四九年以來，老共就不斷在國際場域給台灣畫紅線。這些紅線有些是清楚明白的，有些則依老共高興，隨時調整挪移。例如，中華民國什麼層級的官員可以或不可以到美國做什麼形式的訪問，頂多只是一個未形諸文字的「了解」，並不是一個剛性的緊箍咒。一旦柔性的了解慢慢形成剛性束縛，好像台灣總統就只能過境、不能「去85度C買咖啡」，甚至形成美國或台灣的「自我檢查」項目，那台灣就有必要思考：我們要不要突破一下。這個突破，不能說它只有象徵意義、沒有實質意義。它的實質意義就是：中華民國作為主權獨立國家，可以選擇不接受你老共畫的紅線。我們不但要突破，甚至還要光天化日之下突破。適時釋放這個訊息，絕對是戰略面的。

主權國家的尊嚴與底線

當然，我們不必「故意跨線」刺激北京，但是我們也絕不能接受「北京說是紅線就是紅線，然後我們每天自我檢查」。如果台灣這麼懦弱，即使不論台灣民意接受與否，我們在兩岸鬥爭中就已經輸了八成。台灣偶爾不理會老共畫的紅線，固然要仔細評估，在戰略戰術面做考量，不能為了戰術而犧牲戰略。但是，錢復先生將「國家元首訪美」視為只有象徵意義，我認為只是他基於意識形態的判斷。

至於李前總統自洽卡西迪公司，繞過外交體系另軌運作，我相信在國際上並非首例。差不多同時，沈君山先生也多次與江澤民會談，依沈君山《浮生三記》所載，他也沒有經過陸委會，但最後都直接向李登輝報告。當總統對部會首長保留一些祕密的時候，這位首長的進退依止，就是一個個人的判斷。

由以上所述可知，李登輝總統可以說是用一個人的意志力，去翻轉整個外交體系的思維。他繞過外交部，自己尋找遊說管道，得到美國總統的同意，硬是闖過老共畫下的紅線，一方面在國際上宣示「台灣有自己的路線」，另一方面也凝聚台灣人民的主體意志。這些，都不是簡單的事，李登輝扮演的角色絕對是關鍵的。李登輝總統訪美，台灣只是「關說、請託」美國行政當局。台灣與美國的關係不像中南美洲國家那麼複雜，由這個例子也可以看出台灣在地緣位置上的幸運。

什麼是民主？什麼是獨立？

在李登輝先生擔任總統期間，台灣完成了國會改選、總統直選、政黨輪替，並且在國際上硬是跨越中國畫定的紅線。這些是什麼呢？我認為就只有兩個字：「民主」。當一個國家所有重要的官員、民意代表、政黨更迭、法律制定、外交政策等，全都由人民依憲政程序自己決定時，這個國家就是百分之百的民主。

當年沈君山先生與中國江澤民主席對談的時候，也清楚表達台灣「民主」的重要。江澤民偶爾會提出兩岸統一的期待，希望李登輝總統如何做、如何宣示之類。沈君山的回應往往是：台灣現在的體制是個民主體制，即使李總統要做什麼決定，還是要與民意大方向相契合，否則總統自己的權力都不穩固。民主在內是個權力的制衡，但是對外，卻也是非常自然的框架限制。我們的大陸政策究竟是不是錢復所說的「統一政策」，只有台灣人民透過民主程序才能回答。

有位政府官員跟我講過一個故事。大約三十年前，有一回該官員有機會訪問李前總統，大致是問以下的問題：「總統先生，台灣現在有兩個大問題在拉鋸，一是統一／獨立，二是民主／威權（意指萬年國會、刑法一百條未廢除等），作為總統，您怎麼看這兩個問題？」李總統的答覆非常有智慧：「我優先追求台灣民主；民主走到極限，就是獨立！」有許多人批評李前總統台獨，其實我認為他只是「把台灣民主推到極限」。

三、建構永續的台灣民主環境

美國前總統歐巴馬在一次演講中提到：美國之所以偉大，是因為他們有一部了不起的憲法。可是憲法又是什麼呢？說穿了，它只不過是寫在薄薄幾張紙上的一些文字。但為什麼文字會變得偉大呢？究其根本，是因為我們人民願意讓這些文字發揮威力。歐巴馬用的句子大略是：It is we, the people, empower the constitution.

把這樣的概念套用到民主憲政，邏輯是相通的：民主一定是築基於人民的支持與珍惜；如果對於政治學者問卷的問題「你是否希望有個強而有力的領袖決定一切？」，真的有過半數或是極高比例的公民回答「是的」，表示人民確實不那麼珍惜民主，那我們又能怎樣？有台灣政客說：「民主就是自作自受」。這個說法在經驗面是正確的，但是在此我希望提出更積極一點的論述。

訴諸民粹無法修補民主機制

我們可以提出以下的系列問題。那些回答「我希望有強而有力的領袖決定一切」的人，一定是受到了一些挫折、承受了一些委屈、面臨了一些他認為不公平的待遇、經歷了一些魯蛇打擊，才會希望有強人幫他出口氣吧？那些挫折、委屈、待遇、打擊是些什麼？我們當然了解，社會上難免會有人面對打擊與挫敗，但是如果有一些制度性的設計，容易讓「許多人」面臨挫敗，或是令挫敗者「很久」難以翻身，那就是我們的社會可以改進的方向。我們也該繼續探究：我們的社會有沒有上述制度弊病？如果有，要怎麼改善它？

在概念上，之所以人民期待強人、期待一個替天行道的伸張正義者（equalizer）出現，代表人民對於民主憲政制度有些失望，因而不想再去"empower"這個制度。這個時候我們該做的改變，恐怕未必是在選舉制度、投票制度上做更張，在技術面改變計票規則，進而阻擋所謂「極端」候選人。也許我們更需要努力的是：改善我們的社會經濟制度，讓公民比較不容易產生被剝奪感，如此則根本減少極端的選民。社會極端成員少了，極端候選人當然就沒有票房。這，才是矯治極端主義的根本之道。

前文提及，「民粹」往往就是受到委屈的人民希望有個伸張正義者幫他們扳回公道，或是出口氣。就民主政治而言，民粹選民不太理會憲法上「權力制衡」的理念，所以他們希望「強人」的出現。但是由於台灣的民粹主要來自於對岸的高壓威嚇，這種外來壓力並不會產生強人期待（因為政治強人也解決不了兩岸問題），卻容易演變成單純嘴砲式的表態，稀釋或是忽略了兩岸互動戰略面的專業思考。

關心台灣，也要掌握國際變局

大致而言，許多主流的社會科學研究者，包括經濟、政治、社會，都不知不覺地「以為美國就是全世界」。以《極端政治的誕生》以及《妖風》為例，他們的論述雖然提到其他國家，但是都切斷了國與國之間的相互牽引與影響，尤其是忽略了美國政策對全球造成的影響。許多美國政策不但影響到世界上其他國家，而且這些被美國影響的其他國家又回過頭來影響美國。當然，大國影響世界的例子不只美國；蘇聯、中國、俄羅斯都有份。但是過去百年美國是超級強權，影響力當然最大。

以民粹、排外為例吧，至少有兩類政策，美國絕對扮演重要角色。其一，就是一九七九年起美國與中國友好，企圖聯手壓制蘇聯。然後二〇〇一年美國又歡迎中國加入ＷＴＯ，造成今天中國超大的經濟實力，並且以「國家控制的資本主義」模式，回過頭來挑戰美歐的自由民主資本主義。其二，則是在中東與西亞的軍事外交戰略面。許多人都知道，美國當年支持阿富汗對抗蘇聯，結果養大了賓拉登，後者若干年後掀起了九一一恐攻。九一一之後美國出兵阿富汗、伊拉克，並且支持敘利亞一派民兵，而後者則又是伊斯蘭國的前身。

伊斯蘭國坐大之後掀起大規模戰亂，促成民不聊生的難民移入土耳其與歐洲。大量難民當然激化歐洲在地社會衝突，也給予歐洲民粹主義及排外激情更多柴火。歐洲的紛亂又回過頭來影響美國白人選民的氛圍，因為他們本來就來自歐洲，根源相近，休戚相關，於是也把美國產業不振的帳，算到國內有色人種的身上。這些，都不是我的一家之言，而是國際輿論的共識，但是卻不在美國「民粹研究」的雷達範圍。由此觀之，民粹問題不止是投票制度問題，背後的脈絡糾葛十分複雜。投票制度的修改可以克制症狀，卻完全解決不了病因。

美國都免不了與國際局勢牽扯互動，台灣的情勢當然更是如此。要維繫台灣的永續民主，我們至少要對美國／中國／台灣的互動國際局勢，要有所了解。不只了解，我們甚至要能對國際局勢巧妙運用，如此才能理性構思台灣的戰略方向。如果我們走上民粹式、單純嘴砲式的表態，能夠發揮的作用是有限的。台灣有若干人把「對抗中國」當成一個「表態」；但是對抗中國涉及軍事、科技、經貿、國際間的合縱連橫，背後其實有非常多的專業。在後續章節，我們希望能從專業角度分析台灣局勢，而非沉溺在單純表態文化之中。

國內自強，也要引進大國助力

戴雅門等美國政治學者顯然對川普總統有許多不滿，認為他的粗鄙言行、歧視有色人種、刻意挑起人們潛藏的生物本能，都激化了美國國內的兩極化。但是，我們也需要關心他在國際上「美國優先」的霸氣做法，會不會反而不利於其壓制中國的政策。例如，他說墨西哥移民都是強姦犯與販毒者，又說歐盟與中國一樣壞，只是小一號……這難道沒有增加墨西哥與歐盟排拒「禁用華為」的遊說？

以中國今天的經濟規模與人口數，不久的將來其GDP總額一定會超越美國，只是每人GDP較低。美國民主體系如果要與中國所代表的新極權體制抗衡，那麼單靠美國一國之力，恐怕是力有未逮的。因此，美國政治是否有民粹排外傾向、美國總統是否有排外言行，絕對會影響美國帶領結盟的成功與否。結盟如果失敗，美國與中國的抗爭就未必有優勢，回過頭來就會影響美國國內政治的走勢，當然也會影響全球民主的氛圍。

對一般國家而言，他們只會被國際影響，不太可能影響國際。但是對美國這樣的大國而言，國內／國際其實是互為因果的關係，不能切割開只看國內民粹。中國雖然也是大國，也會影響國際（例如其世界工廠的角色），但是由於其為極權國家，人民只能看到經過篩選的國際資訊，國際的變局比較難回饋到國內。因此，真正會造成國內／國際交互作用的大國，就只有美國。

對台灣而言，我們是小國，不太可能像美國那樣在國際上大開大闔。我們比較能做的，就是「預判未來大局勢，現在做一些小努力，企圖在五年十年之後產生有利於我的較大改變」，我稱之為關鍵扭轉。這種關鍵扭轉的戰略，需要構思、需要布局、需要在國際上操作，甚至需要某些大國的力助。這些，都與台灣的永續民主息息相關，也是本書後續討論重點之一。

自由市場，要修正偏鋒

過去半個世紀，關於資本主義與社會主義之間的拉鋸、大政府與小政府之間的拉鋸，也是論辯重點之一。一九七〇年代起，以傅利曼（Milton Friedman）為首的芝加哥新古典自由主義學派，逐漸取得論辯優勢，主張小政府少管制，盡量讓市場自由運作。新古典自由主義的論述是：市場競爭將提升效率，且有利於經濟成長，而成長之後社會餅做大了，窮人也能受惠。但是事實卻是：開放市場、減少政府干預之後，餅即使做大了，卻絕大部分被富人拿去，窮人的所得甚至比從前更差。

如果我們的資本主義運作有結構性的問題，動輒產生諸如金融海嘯般的動亂，則部分人民就可能期待政治強人去「撥亂反正」，民粹強人遂能乘虛而入，如此就侵蝕了民主的根基。所以，我們希望政經制度能增強對內的凝聚力。要使台灣的民主永續，一個重要的因素，就是增加台灣內部的凝聚力。

過去三十年，台灣經濟雖然在穩定成長，但是貧富不均也在持續擴大，薪資階級、中產階級的社會向心力都在弱化。我們要如何修正以往的經濟政策，改善貧富不均狀況，避免類似「華爾街干政」的弊病，使得台灣民主社會更具內聚力，也是我們要思考的方向。

如何讓台灣民主永續

二〇一六年我在日內瓦國慶酒會中的致詞，是這樣說的：“Among all Chinese societies in the world, Taiwan is the only one that has a comprehensive spectrum of long-developed freedom. We have the freedom of speech, freedom of contract, freedom of research, freedom of press, freedom of Internet, freedom of exercising trade, and most of all, the freedom and democracy of electing our own President, Congressmen, county Mayors and so on. Such freedom and respect of human dignity are the key values that are behind all the great achievements of Taiwan. So when we ask you to support Taiwan, we actually are asking you to support the freedom and human dignity behind as values to our society. This is a feature you cannot ever find in any other Chinese societies around the world. This is why we cherish it, this is why we should support it, and this is the fundamental faith we hold as we celebrate our National day here.”

的確，對岸的中國還活在鴉片戰爭的陰影之下，他們呼喊、追求的是「民族」主義。但是對台灣人民而言，「民主」卻是我們最重要的價值。要讓台灣民主永續，我們有三件事要做：一、修正自由市場偏鋒，增強社會凝聚力；二、掌握共產極權的制度性矛盾，對於想要併吞台灣的反民主體制，做好對抗的準備；三、了解國際大環境，靈活運用，增加台灣的外交支持。

做好前述三項努力，是要讓台灣社會更和諧、更不受外力威脅，於是人民更能依台灣民主憲政的程序做決定。每一代的政治領袖不必急著實踐任何個人理想，更不該以當代的決策限縮未來世代的選項。永續民主的關鍵，就是「每一代人都應該努力擴大未來世代的選項空間」，也容許未來世代做出與祖先不同的決定。台灣永續民主的環境越成熟，我們與極權中國的對比就越明顯，也自然成為全世界珍惜維護的榜樣。這是我們的理想。

四、駁斥狹隘的民主修正理論

在一九七九年美中建交之後，美國的「圍堵政策」產生了改變，第七艦隊協防台灣也同時終止。當時美國的戰略方向調整為「聯中制俄」，開始與中國交好。一九八九年柏林圍牆倒塌，接著兩年後蘇聯解體，許多學者都認為這是民主社會、自由經濟體系的「完勝」。斯時也，美國幾乎是全球唯一強權，他們在一九九四年推動簽署了《馬拉喀什（Marrakesh）協定》，形塑了全球化的經貿秩序，據此於次年設立了世界貿易組織（WTO），並且在二〇〇一年同意中國加入。

眼看著「海內外形勢一片大好」，但是緊接著有二〇〇一年的九一一恐怖攻擊，隨後美國出兵阿富汗與伊拉克，戰事一拖數年，中東的回教若干派系爭奪主導，戰火延燒。中東戰亂造成數百萬難民北奔歐洲，而連年戰爭也使得美國經濟轉趨疲軟。值此期間中國經濟崛起，吸納了全球各地的製造業，造成許多國家產業外移，本國就業機會流失，工資下跌。於是，歐洲、美國同時興起具有仇外性質的保護主義與民族主義。二〇一六年川普當選總統，開始執行所謂"America First"的策略，對於美國的鄰居（加拿大、墨西哥）與傳統盟邦（如歐盟成員、NATO同盟國）不假辭色。

以上，就是戴雅門撰寫《妖風》，以及海瑟林頓與偉勒（Marc Hetherington & Jonathan Weiler，以下簡稱 H&W）撰寫《極端政治的誕生》一書的大背景。他們在書中批評川普總統對於鄰國與盟邦的任性、鄙夷與錙銖必較。但是，我在第一章所述關於尼加拉瓜與墨西哥的故事，更有歷史淵源、更有脈絡背景，更是許多中南美洲國家人民心中的「舊恨」。而美國與歐盟、加拿大成員的錙銖必較，反而只是「新仇」。美國二〇二一總統換人了，新的總統拜登只要溫暖一些，也許可以大家「一笑泯新仇」，但是我相信泯不了舊恨。美國人民如果期待將來美國扮演更多、更積極的世界民主推手的角色，他們就不能對這些疙瘩視而不見。

世界，不能只是民主／獨裁二分

對戴雅門或H&W等許多美國政治學者而言，美國所代表的角色就是民主龍頭，是陽光的、正面的、樂於幫助落後國家的，是勇敢對抗蘇聯、俄羅斯、中國的。但是不必諱言，對全球許多國家的人民而言，美國也有「帝國主義」的形象。中國從韓戰以降，一直把老美稱作「美帝」，所以美國在中國人民心中，帝國主義的色彩絕對大過民主捍衛者的色彩。不只中國，在中南美洲諸國，美國的形象也非絕對正面。

在概念上，要把民主／獨裁做簡單二分，確實是把全球問題過度簡化了。許多美國政治學者指出，沒有哪兩個民主國家曾經走到互相爭戰的那一步。他們認為：支持國際恐怖主義、濫造大規模毀滅性武器，或是威脅鄰國領土者，從來都不是民主國家。這個描述太過「美化」了民主國家，至少中南美洲的人民就無法認同。

我絕對同意民主體制比獨裁體制好，但這並不表示民主可以免除所有形式的強凌弱、眾暴寡。民主，只是健全了「國內」的制衡，未必福澤國外。英國、法國是老牌民主國家，但是一直到二次大戰結束，他們還在殖民。殖民，當然就是「不讓在地人自己做主」，這難道不算是威脅別國領土？

即使是在國內，民主也有其極限。美國這個民主國家，顯然制衡不了華爾街那群製造二〇〇八金融海嘯的狼群，也削弱了美國國內的向心力。美國的自由派對於川普當選痛心疾首，但是這樣的結果，源自於極為複雜的經濟、文化、歷史、社會因素。川普當選後衝擊民主，只是諸多糾結的線頭之一，美國政治學者抽出單一民主線頭能解決多少問題，我是存疑的。

現有投票難抑制民粹出頭

我們除了關注全球民主的大氛圍，也對當前歐美民粹主義的盛行感到憂心。全球各地最近十年所興起的民粹，多與「外國人搶了我們本國人的工作機會」有關。在美國，許多製造業者都外移，汽車工業、鋼鐵工業等都沒落，失業人數當然增加。在歐洲，除了傳統產業移出之外，外來難民是另一種形式的「搶本國人工作」。整體而言，全球最大的工廠當然是中國，但是由於地緣遙遠，歐美原本的民粹敵視對象，並未針對中國，直到習近平上台之後招搖高調的「大國崛起」、「戰狼外交」，才引發美國與歐洲移轉民粹對峙的標的。

台灣最近十年也出現「民粹」風潮，但是台灣的情況與歐美不同。第一，台灣的外來新移民並不與本地人搶工作，新移民的工作與本地人工作多為互補而非替代，所以台灣沒有什麼「仇外」情緒。第二，因為台商在中國建廠有語言、文化、地理之便，台灣的製造業外移中國的速度比歐美快，造成台灣製造業的「空洞化」，形成失業壓力。所以，台灣的民粹排外「對象」比較聚焦——就是中國。也因為如此，台灣民粹呈現的議題面向，往往是統／獨，或是「對中國磁吸的態度」。第三，台灣人民對中國民粹觀感形成的另一個因素，就是對岸的文攻武嚇，強勢相逼；所謂「武統」、「解放」，都令台灣人民生厭。歐美的民粹環境只是經濟面、文化面的情緒，但是台灣的民粹，經常糅雜著對岸對我們民主生活方式的根本威脅。

不論是歐美或台灣，任何一種民粹都容易出現極端候選人。在傳統民主的「相對多數票」選舉制度下，民粹候選人只要能夠吸引一群死忠就可以勝出，讓其他多數人徒呼負負。美國的政治學者遂有「改變投票制度」之議。我們以下先簡短說明他們的觀點，再提出評論。

如何改善民主選舉？

對於民粹氛圍下的民主改善，歐美政治學者提出了若干建設性的建議解方，「排序複選制投票」（ranked-choice voting）就是其中之一。這個投票方法要選民對候選人投下「順位」票，例如1、2、3。我們先開排序為「1」的票，如果有某候選人甲得到過半數的選民給予「1」，則甲當選；若無人過半數，則刪除得「1」最低的候選人（假設為丁），然後將原本投給丁順位「1」的所有選票找出來，查看這些票「2」投給哪些人。例如，假設投丁

「1」的票，「2」都投給甲丙二人，則依排序複選制投票辦法，這些「2」票，要依比例計給甲丙二人。如此，甲丙的新得票，會是原本投給他們「1」的，再加上丁所新分配的、原本投給甲丙「2」的票。這樣持續累計，直到有一個人得票率過半數，他就是當選人。

「排序複選投票」最大的好處有三：一、沒有任何人的票是「浪費」的。傳統的選舉，如果我們投票支持的候選人得票第三，則我們投的票形同廢票。但是在排序複選投票下，因為第二順位票還是會計入，因此即使我們第一支持的人出局，我們第二支持者還是有意義。二、這個制度會抑制極端民粹的候選人。傳統的投票有可能選出「絕對支持率不高、相對得票率最高」的候選人，但是在排序複選投票制下，因為還要計入第二順位，等於是容許選民把極端的民粹候選人列為較後面的順位，形同「負面投票」，會減少極端候選人出線的機率。這個制度在澳洲、美國若干州都有實施。

這樣的排序複選投票，台灣也有前行政院長陳冲提出，他稱之為「負數票投票制」，它的精神與排序複選相同。可見，二十一世紀世界各地的民粹主義本質上大同小異，大家提出來的解方也相似。

歐美改善選舉制度，期待的是「中庸路線勝出」；但是台灣的民粹與歐美相比多了一點難度：如前所述，由於台灣民粹的對象是中國，故台灣的中庸路線能否出現，與中國的態度息息相關。如果對岸總是把「武統」、「留島不留人」掛在嘴邊，那麼可以想像，台灣方面「與中國和善相處」的溫和政見，是很難有市場的。簡言之，如果有極端的「外在」壓力，極端的候選人就不容易被「內部」選舉排除，即使改變投票辦法，效果也有限。這就是外部形勢對內部政治的影響。

「民主」是一種啟蒙運動嗎？

許多美國學者的民主觀點展現出強烈的美利堅風格：對民主的道德信念強烈、不時提及美國在過去數十年對全球民主的貢獻。這樣的論述風格，相當像是「啟蒙主義」者，反映論者期待推廣「進步」民主理念的企圖心。

前文零散提到戴雅門與H&W民主觀點的缺陷，我們現在可以做個簡單的整理。美國主流政治系的教授難免會有「美國中心主義」，只看到美國的問題，忽略了世界上許多國家歧異的歷史文化背景。美國教授也習慣將中、南美洲視為自家後院，忽略了自己在別人眼中的霸權角色。許多美國人有喀爾文教派的奉獻精神，願意協助落後地區的發

展。但是，這種奉獻服務他人的性格，未必能照到自己的陰暗面。這些，都使得美國主流政治學者的民主理論略嫌單薄，更難以應用到世界其他國家。

我們若讀《憤怒年代》（*Age of Anger: A History of the Present*）即知，全球民主風潮起落，其實是菁英／民粹鬥爭的一種類型，此類鬥爭在過去兩百年的西方歷史上不斷重複上演。有時候，民粹其實只是弱勢者對於「啟蒙主義」強勢的反彈。就拿「民主」來說吧，種種證據顯示它確實比極權獨裁要好。但若民主國家以一種「具有優越感」的姿態去「啟蒙」尚未民主的國家，就可能引發民族主義式的反感。許多美國學者所展現的美式信心，就有那種優越感的味道。

只看民粹現象，看不到民主的內在問題

我們知道二〇〇八至二〇〇九有全球金融海嘯，造成許多國家大規模失業。我們也知道二〇一〇年前後非洲動亂、敘利亞內戰、ISIS等衝擊，使上百萬計的難民湧入歐洲。這些紛亂往往塑造一種「需要找一群人責怪」的氛圍。

金融危機讓中產階級覺得政府無能，民主國家的政府政策被華爾街財閥綁架；非洲難民則打亂了歐洲的社會秩序，讓社會有一個「可以怪罪」的缺口，遂有民粹主義政客言論。

我們都會猜想：這些大事件，都會影響人民對民主的信心。政治學者只靠民主問卷，觀察民粹指標起伏，恐怕無法對上述猜想或假說，提出深入的、理念面的思考。

以美國為例：如果美國沒有葛林斯潘（Alan Greenspan）長達十九年聯準會主席任內的放鬆銀行管制，金融海嘯也許就不會發生，美國的貧富不均也許就沒有那麼嚴重，二〇一一年也許就沒有那麼多挫折的社會中下階層去占領華爾街，二〇一六年川普也許就不會當選……這些基本面向都不談，單純討論投票制度，是不是隔靴搔癢呢？此外，修改投票制度固然有其理念支撐，但是究其出發點，其實是「不要讓那個討厭的傢伙有可能當選」。這樣的修法，是不是也有一些菁英的傲慢呢？

就政治理論而言，川普背後近五成的選民，他們所代表的民粹主義，其實是對最近二十年盛行的菁英政治（meritocracy）的反彈。菁英政治鼓吹能者出頭天，那些無法出頭的中下階層，就像是一無是處的魯蛇，不但薪資凍漲、無力購屋，還被華爾街菁英所發明的衍生性金融商品掏空。依桑德爾（Michael Sandel）所述，這才是民粹侵蝕民主的根本原因。戴雅門等政治學者不去關注選民的問題，只關注選民的投票，其實是頭痛醫腳的亂用藥方。

民主是什麼？

戴雅門與H&W對民主的論述，大都是基於他們的問卷調查。但調查只是收集資料；資料不能取代理論，更不能割斷歷史源頭。如果問卷調查不理會政經脈絡，那麼對於民主理論的了解，終究還是有限的。

整體而言，我們若要認真檢討台灣民主化的進程，單單看政治面或投票制度是不夠的。政治學者也許看到了原本投票制度的缺失，設計一個「排序複選制」，也許可以避免極端政治人物的出線。但是其他面向，例如紅頂商人所創造的貪婪與金權政治、過去三十年各國薪資的凍漲、全球化下資本家跨國移動留下的爛攤子、流行病衝擊下弱勢者的健康威脅等，都是許多民主國家亟待解決的問題。這些問題或許看起來與民主議題無關，但是民主本來就是「一整套」的議題，不能切割成碎片。

本書後續，我們會從不同的角度，檢視要如何補強台灣的民主。

參考書目

1.《第三波：二十世紀末的民主化浪潮》，塞繆爾・杭廷頓，五南圖書公司，二〇一九。

2. 《妖風》，戴雅門，八旗文化出版社，二〇一九。
3. 《臺灣最好的時刻》，吳乃德，春山出版社，二〇二〇。
4. 《國家為什麼會失敗：權力、富裕與貧困的根源》，戴倫．艾塞默魯、詹姆斯．羅賓森，衛城出版社，二〇一三。
5. 《自由的窄廊：國家與社會如何決定自由的命運》，戴倫．艾塞默魯、詹姆斯．羅賓森，衛城出版社，二〇二〇。
6. 《正義論》，羅爾斯，中國社會科學出版社，二〇〇九。
7. 《解構黨國資本主義》，陳師孟等，翰蘆圖書公司，一九九七。
8. 《錢復回憶錄》（三卷），錢復，天下文化出版公司，二〇二〇。
9. 《憤怒年代》，潘卡吉．米什拉，聯經出版事業公司，二〇一九。
10. 《極端政治的誕生》，馬克．海瑟林頓、強納森．偉勒，有方文化出版社，二〇一九。
11. 《浮生三記》（增訂版），沈君山，九歌出版社，二〇〇五。
12. Sandel, M. (2020). *The Tyranny of Merit: Why the Promise of Moving Up Is Pulling America Apart.* Farrar, Straus and Giroux.

II

民主的補強

一、我們都看不起「華爾街零和經濟學」

許多人批判資本主義，都是用「華爾街」做例子，述說他們如何搞「金融商品創新」、如何掀起二〇〇八的金融海嘯、如何在事發之後照樣領鉅額退休金、如何不成比例地拉高CEO的薪水、如何以沒有實體創造的方式玩「零和賽局」、如何惡化貧富不均等。這些批評，其實是許多經濟學家的共識。資本主義下全無管制的自由競爭，確實有許多討人厭的面向，往往因此掀起民怨，動搖民主政治的根基。以下我們先來檢視資本主義下的金融市場，看看它毛病出在哪裡。

量化技術分析的鼻祖

二〇〇八年的金融海嘯其震央是華爾街。要了解華爾街之為害，可以參閱《洞悉市場的人》一書，該書對於金融市場中「零和」的競爭有極為精彩的描述。書中主角是西蒙斯（Jim Simons），他原來是哈佛大學、紐約州立大學石溪分校的數學系教授，當初他建立石溪分校數學系時，與楊振寧建立該校物理系，同樣是震驚學界的大事。後來西蒙斯辭去終身聘教職，開始成立公司，創設基金，大賺其錢，幾乎是「量化技術金融交易」的創始人，獲利驚人。

西蒙斯的基金有多賺錢呢？一九八八至二〇一八他的基金平均年報酬率，扣除基金費用後，是三九．一%。這有多可怕呢？假若你一九八八年投資一千美元到該基金，則二〇一八年你的資產就是二千萬美元。這真的是不可思議的報酬率。西蒙斯不但自己是學術界出身，他網羅的合夥人也都是學術界的武林高手。布朗（Peter Brown）、鮑恩（Lenny Baum）、默塞（Robert Mercer）都是電腦科學的頂尖學者，在語言辨識、演算法方面，都有突出的表現。

西蒙斯是怎麼把這些人湊在一起的呢？其中一個關鍵就是：解密碼。西蒙斯創業團隊，包括他自己，很多人都曾經幫美國國防部做過解密碼的分析。密碼，當然是把一序列有意義的文字，轉變成一序列看似沒有意義的亂碼。但是由於原來的文字是有文法、有規則的，所以亂碼一定也會隱藏著一些對應的規則。如果我們能夠將亂碼的隱藏規則找出來，我們就非常接近背後的文法結構，理解原文的意義也就庶幾近矣。這就是「解密碼」的簡單概念。我們要注意：解密碼從來就是從「零知識」開始，只是從亂碼中找規則。這種「不需要內涵知識、只注重訊號規則」的做法，就是財務理論中標準的「技術分析」。

把解密碼應用到「解市場」

「解密碼」的本事如何運用在財務市場上賺錢呢？西蒙斯承認，他們這一群人完全不懂經濟，不懂需求、供給、均衡。但是他們超級會利用電腦尋找市場上的「規則」。舉幾個例子。市場上的價格波動，經常會跌過頭又反轉小漲，然後才回到均衡；或是漲過頭又反轉小跌，然後回到均衡。我們只要讓電腦讀幾百萬筆波動資料，電腦就可以推估出價格反轉前、反轉後的平均趨勢，於是西蒙斯就可以在期貨市場先做多或先放空，然後利用前述電腦預測的價格趨勢賺差價。

有幾點一定要補充：第一，前述「趨勢」不是絕

對的，而是機率的。既然不是絕對的，那麼用這樣的分析去操作市場，就可能有賺有賠。但是沒關係，只要五一％的機率電腦推估是正確的，統計的大數法則就能保證會賺錢。第二，這些小「趨勢」往往極為隱晦不彰，一般人絕難發現，只有討人厭的電腦能發現這樣的微趨勢。第三，趨勢有大有小、有長有短，但是西蒙斯只操作短的、小的；原因是：長的趨勢從操作到獲利變數太多，容易受到干擾，競爭對手也容易比照學習。所以，做技術操作的人傾向「炒短線」。

像前述價格波動的趨勢，還是比較明顯的，其他更難想像的規則樣態，聽起來幾近懸疑：一、電腦資料顯示，大藥廠突然召募某類人才，通常表示他們在某個藥品研發可能面臨突破，顯示藥廠股價會漲。二、某投資銀行某個中午突然加訂了幾十個比薩，表示該銀行正密集研議某個政策，可能為利多。三、GPS衛星顯示，某郊區國防部解碼中心某個週末有大量黑頭車進出，顯示國防部取得了若干重要敵國資訊。四、各國中央銀行都不喜歡自己的幣值波動，故若某國匯率近期有「過動」跡象，表示該國央行很可能即將進場反向操作。

「找規則」需要大數據分析

讀者當能發現，前述這些沒頭沒腦「尋找規則」的工作，非常像是人工智慧的邏輯。

電腦程式 AlphaGo 根本不懂圍棋，但是我們只要輸入足夠多的棋譜、棋著，告訴電腦極大化的目標，它就會自己找出「規則」：什麼情況下落子哪個位置，平均而言會有什麼結果。人工智慧能夠打敗圍棋十段高手，就是因為輸入的棋譜資料太豐富了、電腦運算的速度太快了、電腦能夠整理出來的可能規則太多了，遠超過棋手之所能。既然 AlphaGo 能夠在圍棋賽場打敗職業棋手，西蒙斯的技術團隊也能夠在股票市場、期貨市場、原物料市場上打敗大盤，當然也不足為奇。而且，以大數據之迅速膨脹、量子電腦之未來潛力，在可見將來，量化技術分析的賺錢前景，絕對看好。

那麼，資本主義社會應該鼓勵大家走上這條短線財務操作之路嗎？不會！絕對不然。對於大數據的量化技術分析，各界有以下的評論。首先是理論面的，其次是政治哲學面的。

羅斯（Alvin Roth）是二〇一二年諾貝爾獎經濟學獎得主，他做的研究是配對賽局（matching game），例如一千個公司職缺、一千五百個申請者，哪家公司聘哪個申請者是一種配對。又如一萬個男生、九千八百個女生，誰和誰結婚，也是一種配對。如果我們把「某甲某乙配對之後所『增加』的產值」列表，由高到低排列，則數學上可以證明：最有效率的配對，就是先將產值增加最高的配對、次將產值增加次高的配對……以此類推。這個配對不但有效率，而且均衡的時候，不會有任何兩個人願意「更換配對」。但是羅斯發現，有些技術分析操作，會阻礙市場效率均衡的產生。

羅斯的貢獻

例如，紐約與芝加哥有一個小時時差，所以紐約已經完成的交易，因為時差，芝加哥還沒出現，這裡就有套利的空間。可是，如果一拖拉庫人都進場套利，則利潤就沒有了。於是，往往只有「最早」的套利行為能夠獲利。怎麼樣才能成為最早的套利者呢？光纖傳輸最快的，就是有最早資訊的。因此，在二〇〇〇年左右，有一批技術分析的財務操作者，拚了老命在美國有時差的大城市之間搭建高速光纖。某人的光纖速度十四毫秒（一毫秒千分之一秒），你就趕緊鋪一條十一毫秒的光纖，於是殺走十四毫秒的競爭對手，獨占利潤。但是也許半年之後，又有人鋪設一條七毫秒的……

地域時差與價差，當然也是某種（其實不用電腦就能發現的）規則。這些規則價差存在，當然就有套利的空間。但是任何（膝蓋正常的）人都會同意，靠這種規則套利無聊透頂，浪費社會資源（包括鋪設一堆浪費的光纖），而且最後，能夠獲利的一定是口袋最深、能夠鋪得起最快速度光纖的大富豪。更重要的是，光纖比快完全沒有創造任何社會效益，純粹是零和賽局，某甲賺一百，一定表示其他人少賺或是損失一百。這樣的放任資本主義市場運作，既無效率也不公平，徒然製造社會多數人的憤怒。

羅斯建議的解決方案很簡單：不管你多快下單，等十秒才計算均衡。如此，則前面十秒之內下單的，不管他是用什麼速度的光纖，全部一視同仁。這個解決方案的基本概念是：三毫秒的速度差完全與市場整體效率無關，也與經濟正常運轉無關。如果因此而產生浪費，制度設計上就有可能要阻止它。延後計算均衡，就是在不影響整體效率的情況下，阻止了一些沒有積極意義的套利。

市場競爭，未必有效率

除了前述下單「拚快」，羅斯也舉了許多別的例子。例如：美國知名大學法學院畢業生往往奇貨可居，大老早就被律師事務所「訂走」，這也是一種配對「比快」。有些律師事務所搶人幾近離譜：法學院律師訓練通常兩年至三年，有些學生在第一年上學期就收到事務所邀約，要他們承諾畢業後赴任。這些收到邀約信函的學生還有一年半課程，連哪一科會被當掉、能否順利畢業都不知道，這種邀約當然是沒有效率的。另外，美國醫院缺腎臟，器官移植醫院也是用搶的，連器官移植排斥檢查都做得不完整，當然也是浪費、無效率。健全的資本主義，沒有理由浪費力氣去鼓勵這種競爭。

羅斯的貢獻，就是對於種種因為套利而產生不效率的配對市場，提出改革法案，也確實改善了市場。例如，他能改變器官移植配對的亂象，讓最需要的人得到最配的器官，真的是勝造七級浮屠。我認為，資本主義經濟研究之經世濟民，這就是典範。

擴充一點來說，我們應該會希望每一種資本主義下的套利行為，在自己追求利潤的同時，也能促成一些（至少一咪咪）整體效率的改善。例如，台北市福和橋兩邊豆漿售價分別是一碗五元與一碗十元。套利者在五元處採買，載到十元處賣出，自己在賺錢，但同時也為另一處消費者提供更便宜的豆漿，這是社會效益的改善。又例如，甲乙兩地利率不同，有人匯進匯出套利，自己賺錢，但同時也拉低了乙地的利率，便利投資人，這也是一種社會效益。

但是像比賽鋪設光纖、比賽搶法律系畢業生、比賽分析銀行是否出現多買幾個比薩，然後據以交易套利，這種套利哪有創造了什麼整體經濟效益？市場當然該予以規範。

市場有什麼了不起？

沒有創造經濟效益的套利，若干財務學者還是持鼓勵態度。他們常用的說法是：這些套利活動活化了流動性、完整了市場（completed the market）。如果這個說法成立，那麼我認為黑道、幫派也是完整了市場。檢警執法總是不可能完整，於是黑道大哥提供的「秩序」，使市場更完整。

任何地方也不該禁止賭博，因為有人愛賭、喜歡玩上身家性命，於是賭博使拚風險的市場更完整。毒品也不該禁，因為有人喜歡刺激、喜歡上癮，毒品交易讓尋找刺激的市場更完整。比快的腎臟交易也讓市場更完整（多死幾個患者沒關係）、比快的光纖鋪設讓跨地套利更完整（光纖幾千萬美元浪費沒關係）、CDO結構債讓市場完整（造成金融海嘯、幾百萬人失業沒關係）、奴隸交易讓雇傭市場更完整（人權不重要）。

一個人如果接受這種邏輯，那表示此咖完全沒有社會學科的圓融思考，只知道市場、市場、市場，根本不了解平等、自由、人權等民主社會的根本價值與邏輯架構。某些人嘴中的資本主義之所以令人討厭，部分原因就是：很多人弄不清楚市場的「邊界」。

市場是手段，不是目的

在任何自由的市場交易社會，總是有一些自願的市場交易是不被允許的。這種「禁止交易」或是「管制交易」的線究竟畫得靠左或靠右，可以討論，而討論的判準，效率也許是其一，但是更重要的，就是公平、正義、人權、自由等公認的文明價值。「讓市場更完整」是一句屁話，因為市場本身不是目的；它只是手段。禁止奴隸交易確實使勞動市場不完整。但是那正是憲法保障的價值；自由民主憲政邏輯原本就不希望勞動市場「太完整」！

回過頭來看西蒙斯避險基金的技術操作。請返其始：什麼是避險？避險是指，我將面對某些風險，於是利用期貨之類的交易，去避開或減少我的風險。例如台積電，每季客戶付款若是用美元，則美元匯價波動就是台積電面對的風險，於是他們在外匯市場操作避險交易，萬一匯價大貶或大漲，避險之後台積電的風險即可縮小。

但是絕大多數的避險基金操作，包括西蒙斯的基金，都是「本身沒有部位」的操作，甚至連「相關」商品部位都沒有（不適用所謂統計避險）。例如我的生意根本與黃豆完全無關，我卻去買或賣黃豆期貨；這樣的買賣，其實根本不是在「避」險，而是在「迎接」風險，是在賭博。純粹的賭博不可能年獲利率三九．一％，西蒙斯之所以賭博會大賺，是因為他看出莊家「拿好牌時左肩會凸起零點三公分」。這個小「規則」任何人都觀察不到，但是西蒙斯的大量資料與複雜計量模型，卻能讓他看到這個細微差別。所以，他不但是在賭博，而且是使用高科技賭博。但是我們應該思考：民主社會需不需要鼓勵發掘「拿好牌時左肩凸起零點三公分」這種規則？

沒有部位，可以避險嗎？

有不少經濟學家，包括克魯曼（Paul Krugman），其實是主張禁止或是限制「手中沒有A商品或相關商品部位」或是「業務與A無關」的人做A商品避險交易的，原因無他：那就是賭博、是零和賽局。零和，就是「把你的利益建築在別人的損失上」。如果這個交易有其他偉大的好處，那當然是民主社會裡契約自由所保護的。但是如果講不出好處，甚至會產生社會損失，或是違反公平正義，那麼單單「使市場更完整」的辯詞，就非常薄弱。更何況，許多避險基金操作都是使用電腦自動交易，歷史上已經一再發生這類「自動交易助長市場波動的事例」。基本上，它是個別基金獲利，對整體市場有害的。

像西蒙斯這樣的財務操作在資本主義社會中該受到什麼規範、怎麼規範，大家可以討論。但是，千萬別端出「讓市場更完整」的鬼話。健康民主的資本主義社會，絕對應該對這種純粹零和的市場交易，進而做一些規範。反過來說，資本主義如果不予以適度地規範，必然會產生疏離感，侵蝕民主的根基。

二、推出金融商品，須負完全責任

前一章討論說明「技術分析只是用ＡＩ輔助的賭博」，這只是消極面解釋「技術分析未必有道德正當性」、「讓市場更完整本身沒有說服力」，是消極面的保留。在這一章，我要分析資本主義社會中技術財務的系統性弊端。我要指出：某些從個別理性所建構的技術分析，理論上就可能製造巨大的總體災難。具體的例子，就是二〇〇八的金融海嘯。這些「內造的」資本主義社會風險，當然是我們應該考慮規範的對象。大家都知道，二〇〇八金融海嘯的罪魁禍首是結構債（structured notes），是把幾種固定收益金融商品與衍生性金融商品組合包裝起來的債券。其中最有名的，就是ＣＤＯ。ＣＤＯ的例子可以明顯呈現：全無規範的資本主義社會，經常會產生內造的動亂，弱化民主向心力。

CDO的分級設計

什麼是CDO（collateralized debt obligations）？它是一種把許多房屋抵押權組合起來的質權，以「債券」為名，販售給法人或是自然人，是「結構債」的一種。這些法律名詞聽起來好像很複雜，但讀者且放輕鬆，我一一用白話文解釋給你聽。

一、銀行的房屋貸款可以概分兩種，其一是貸款人有正常工作的、債信良好的；其二是貸款人未必有穩定收入的、債信堪憂的。後者，稱為「次級房貸」。

二、一般而言，銀行是不願意貸放次級房貸的，因為倒帳風險太高。

三、華爾街某些自以為智商一五七、有數學背景、統計背景、電腦背景的人，就創造了一種叫作CDO的債券。例如，它是由ABCDEFG七個房屋貸款抵押權所組成的債券。債券利率也許每年一〇%，比市場利率高不少。債券給付則給予「分級」（trench），數字舉例如下：

a.如果ABCDEFG這七人中只有零或一人倒帳，付不出抵押貸款利息，則此CDO債券正常還本付息。

b.如果ABCDEFG這七人中有二或三人倒帳，付不出抵押貸款利息，則債券付息部分照常，但是到期後本金僅償還七〇%。

c.如果ABCDEFG這七人中有大於三人倒帳，付不出抵押貸款利息，則債券付息部分照常，但是到期後本金僅償還二〇%。

所以前述a、b、c，房貸抵押倒帳比例越高，則CDO本金償還比例越低。在概念上，購買CDO像是在分擔房貸抵押的風險；房貸倒帳出問題的時候，有一部分的損失是由CDO持有人承受。

四、前述b或c扣本金的情境若是發生，看起來CDO購買者損失慘重；但是理財專員會這樣解釋：帥哥美女，放心啦！ABCDEFG七人分住美國加州、紐約、內華達州、科羅拉多州、新墨西哥州、明尼蘇達州等地，彼此老死不相往來，每個人房屋貸款倒帳，根本是「獨立事件」。例如一個人倒帳的機率是百分之一，則兩人同時倒帳（適用前述b）的機率，就是（1/100）×（1/100）＝1/10,000，機率微乎其微啦！

「歷史上」的獨立事件

五、ABCDEFG七個人個別倒帳的事，是不是獨立事件呢？歷史上看，是的。老死不相往來的人，沒有什麼理由「同時」倒帳。

六、也因為如此，所有依據歷史資料計算的債券評等，都說CDO債券超級安全。依據二〇〇七年信評公司惠譽（Fitch）的評等，有六〇%的CDO被評為最優等AAA，而一般公司債被列為AAA最優等的，只有一%。相較之下，CDO利率高且風險低，根本是資優生。於是銀行理專大力推薦，民眾遂踴躍購買。

七、由於CDO大受歡迎，而包裝次級房貸的CDO這麼好賣，於是辦理房屋貸款的銀行就發現：啊！次級房貸其實沒有什麼風險嘛；只要貸款之後再把抵押貸款包裝成CDO，轉賣出去，貸款倒帳的風險就變成CDO債券持有人在承擔。於是，放貸銀行並沒有承擔風險，風險都「過手轉嫁出去」了。既然沒有什麼風險，銀行貸款就不必做太多徵信審查了。放心貸次級房貸吧！

八、在CDO轉嫁風險之下，次級房貸情況多嚴重呢？二〇〇七年，因為放款銀行的貸款沒有風險（因為可以用CDO轉嫁出去），銀行甚至會貸款給所謂NINJA，表示這些人No Income, No Job or Asset。這些一窮二白的人也能貸款？二〇〇七年確實如此。

九、一旦NINJA也能貸到錢，這個時候，他們的倒帳還是獨立事件嗎？當然不是。一旦經濟有風吹草動，付不出貸款利息的，都是這群經濟弱勢人。他們雖然散居各地，看似老死不相往來，但是他們許多人都是NINJA，極有可能在受到經濟衝擊時集體倒帳。歷史上ABCDEFG個人倒帳確實是獨立事件，但是一旦CDO創造了貸款銀行的風險「過手」，NINJA竟然也開始拿到貸款，則ABCDEFG倒帳，就不再是獨立事件。

CDO的體制性矛盾

所有的大數據分析，都是基於「歷史」資料。也因為如此，惠譽的債券評等都說CDO風險超級低、好棒棒。但是CDO的創造，卻改變了歷史軌跡。歷史上原來獨立的事件，就不再獨立了。

於是在二〇〇八年，次級房貸接連倒帳，建構在這些房貸之上的CDO也如骨牌般倒地。例如，美林證券在二〇〇七年評三十種CDO為AAA，但是到二〇〇八年，其中二十七種改評為「垃圾債券」，黃金一夕之間變成狗屎。這種天壤之別的馬後砲，對金融海嘯已然發生的災難，完全於事無補。這，就是華爾街智商一五七金童所謂的金融「創新」！

所以簡言之，個別公司依據歷史大數據所創建的投資模型，就是有可能創造出一個矛盾的循環。由於資料都是「白天鵝」，大數據模型不會想到「集合白天鵝竟然創造了黑天鵝」。這是財務技術分析的結構性缺點。人工智慧從歷史資料尋找規則，依此規則創造CDO牟利，但是CDO卻回過頭來推翻了資料的規則。這，就是體制性矛盾。

做技術財務的人也許會說：我們確實沒有想到啊。誰會想到呢？我們從健全資本主義市場的角度來思考，完全無法同意這種遁詞。我們可以問膝蓋：貸款給NINJA，有沒有風險？膝蓋會回答：當然有嘛！這些風險會因包裝來、包裝去的CDO，就不見了嗎？膝蓋會回答：當然不會嘛！所以CDO的風險計算，是不是有瑕疵呢？膝蓋會回答：當然有瑕疵嘛。CDO創造貸款銀行「風險過水」的道德危機（moral hazard），有那麼難懂嗎？膝蓋會回答：不難懂嘛！詳細的論述，在此不贅。要改善資本主義，我鼓勵年輕朋友多用膝蓋，別被這些市場鑽營的傢伙騙了。注意喔：老師有沒有教過？有嘛！

華爾街創新，該怎麼管理？

我們該怎麼管理華爾街胡搞亂搞的所謂創新呢？其實很簡單：在民主先進國家，所有的玩具、嬰兒床、桌椅、車輛等，全都適用「無過失責任」（strict liability rule）。它的意思是：如果某個玩具或是汽車造成使用者的傷害，不論其原因是材料瑕疵或設計不當，甚至是商品推出時尚不知道的風險，生產廠商都要負起完全責任，不能扯「我不知道啊」的辯詞。

設計無過失責任制度背後的理由很簡單：商品闖禍，形成一堆爛攤子，當然要有人收拾善後。我們設計制度，理應把這個善後的責任，賦予「事前比較能夠預見、分析、理解這個風險」的一方。在商品銷售的例子裡，這當然就是製造商（相對而言，消費者比較難以預見商品風險），促使他們善盡職責，做好推出之前的評估與管理。一般而言，所有的爛攤子事後都有人受到傷害。在健全的民主社會，我們也都有義務在事前構思一套合理的歸責辦法。

同理，金融商品也是商品；如果有某種造成購買者遭受重大風險或損失的後果，這些販售的投資銀行也應該要負完全責任。商品製造者若是做出極端劣質的商品，可能會賠到破產。二〇〇八之後華爾街的混蛋也應該再多破產幾家，包括那些信用評等公司，這才能讓資本主義社會往健康的方向發展。

涉及「物權」的財務創新，應嚴格限制

最後，我們補充一下純粹法律的觀點。我們在本章一開始即解說：CDO是把多筆不動產抵押權組合起來的權利質權。既然是「質權」，它在本質上就是物權，理應受「物權法定」概念的約束。物權法定的概念是這樣的：「債權」規範的是債權人與債務人之間的雙方關係，不涉及他人，因此基於民主社會的契約自由，債權人與債務人之間可以創新撰寫各式各樣的債權契約。但是「物權」是規範該物所有人與社會上任意其他人的關係，所以大陸法與英美法均不容許「自創物權」，以免產生法律關係的糾結紊亂。

例如，當我們將ABCDEFG七種抵押權組合分級時，我們就創造了一種新質權。這種新質權的償付條件涉及ABCDEFG之間「共同面臨倒帳風險」的估算。如果他

們倒帳是獨立事件，其給付條件可以好一些；但是如果他們倒帳非獨立事件，那麼推出CDO的銀行必須要計算同時倒帳的各種機率，說服金融監督管理機關，確認沒有法律關係的糾結紊亂，才能合理定價該物權，並依法「創造」這種新物權。

為了避免類似金融海嘯的爛攤子，學者建議將來所有的金融創新，除了「無過失責任」之外，還需要符合「物權法定」的法理原則，不能把一堆沒人知道其間權利關係的東西湊起來矇混，胡亂創造新物權。金融監理機關必須要嚴格把關。

闖禍的人要負起賠償責任

我們以上說了這麼多產品無過失責任、CDO物權創新需要監管機關核准，就是希望在資本主義社會，建立一個「誰闖禍，誰就要負起責任」的體制。目前的情況剛好相反：那些掀起二〇〇八金融海嘯、發明CDO債券、瘋狂推銷CDO債券、胡亂評等CDO債券的人，沒有一個負起任何責任。不只如此，他們還有「離職黃金降落傘」的保障，可以領到數百萬美元的離職金。由於這些投資銀行業者在金融海嘯發生時已經接近破產，所以他們的離職金其實是來自於政府對投資銀行的紓困。

這就是資本主義社會最令人詬病的地方：一群闖禍的華爾街混球，誘惑一群中低收入者去購屋貸款。當金融海嘯發生之後，房地產價格大跌，不只中低收入者可能因為抵押品市價暴跌而被斷頭，政府紓困的鉅額補貼其實也來自納稅人的稅金。我們現在的制度，其實是「用全民納稅去鼓勵金融業者闖禍」。這樣的制度，必須要改變。

諾貝爾經濟學獎得主克魯曼曾經指出，以前的銀行業是非常無聊的（boring）行業，根本沒有像今天的投資銀行業者這麼多鬼花樣。健康的市場經濟不應該鼓勵銀行玩鬼花樣。健全的民主制度，也不應容許這些通不過膝蓋考驗的金融市場操作。民主社會要多相信膝蓋，少相信智商一五七開根號的華爾街傢伙。

三、健全台灣科技教育與科技產業

台灣地狹人稠，天然資源不豐，西有強鄰威脅，生存競爭的環境極為嚴峻。我們的國際處境大概勉可與以色列相比，但是以色列有美國全力支持，也有全世界有實力的猶太人相挺，其鄰近回教國家的國力亦不構成強大威脅。然而台灣鄰居則是龐然大物，若非海峽庇護，我們的處境將更艱難。

經濟茁壯，民主才能永續

有些人主張台灣要發展成亞太服務業的樞紐，像是「亞太營運中心」之類。我認為這個主張不切實際。任何地方要成為任何國際服務的樞紐，一定要該地得到國際「不受阻礙的認同」，也要這些認同不會因為某個大國的壓力而扭曲。但是台灣的情況顯非如此：對岸中國動輒對各國施壓，阻撓台灣與各國之間的服務連結。台灣的服務觸角若是如此脆弱，甚至操之於對岸，則我們勢難在保有民主與自主的前提下，成為國際服務的樞紐。

台灣比較能夠自主發展、不受對岸箝制的產業，就是科技產業；這也是本章特別強調這個產業的原因。我們當然不能放棄任何服務業的發展機會，但是若要尋找有助於永續民主的產業方向，健全科技產業生態鏈，絕對是關鍵。以下，我們來分析台灣的科技教育與科技產業。

一九九六年行政院成立了「教育改革審議委員會」，提出了一份厚厚的教育改革諮議報告書。諮議報告書有幾個重點，其中之一就是「廣設高中大學」。當初教改會做此建議，是因為升高中與大學的升學競爭太激烈，「考試引導教學」幾成常態，壓抑了國中與高中生的性向與潛能，也扭曲了中學教育。但是一九九六教改諮議報告提出迄今二十五年，台灣高等教育的狀況不但沒有改善，反而更形惡化。

「教改」對科技教育的衝擊

本章所要討論的台灣教育問題，只針對高等教育中的科技教育。我當然了解台灣的中等教育、通識教育、高中課綱等也有許多問題，但是這些問題與「民主永續」的主題相關性較小，我暫且存而不論。

為什麼台灣高等教育的狀況在「教改」之後沒有改善呢？這有幾方面的原因。首先，台灣執行的所謂廣設高中大學，不是真正的廣泛「設置」，而是廣泛「改制」，把一整掛的專科、高職，改為大學或技術學院，美其名為「升格」，其實是改變「分類作帳」，表面上達成了廣設高中大學的數字目標，實質上卻是在做帳面文章，甚至在摧毀原本台灣技職教育的根基。當年，核准最多改制案的幾位教育部長，皆難辭其咎。

其次，所謂廣設學校，只是在供給面把學校數、班級數增加，並沒有改變學生家長的升學主義心理期待。於是，雖然高中大學數目增加了，升學變容易了，但是升學壓力並沒有紓解，大家還是要拚命上「好」的高中大學。就市場來看，補習班、課後加強班、衝刺班等不但沒有減少，反而生意更好。有一則補習班廣告是這樣寫的：「教改，我們準備好了」。這恐怕是最鮮明的諷刺。

在大學數量增加、升大學變容易之後，大學文憑就貶值了，畢業後進入職場也未必順利，於是大學生就只好繼續升學研究所，或是努力延畢，硬是要弄個雙學位、輔系之類的證書。人同此心、心同此理，隨著研究生、雙主修、碩博士畢業生增加，台灣又進入「文憑貶值」時代。大學畢業生面對前景惶惶，究竟該不該再深造，心裡充滿矛盾。

教改忽略了「少子化」的衝擊

台灣教育環境沒有改善的第三個原因，則是當初教改會完全沒有考慮到少子化的因素。台灣自一九六〇年代推動家庭計畫之後，每個家庭的生育數就逐年下降。我們由表一可以看出，自二〇〇七年（民國九十六學年）以降，高中高職的畢業生總人數就一直在減少。如果以高中普通科人數來看，二〇〇七為十三萬七千三百五十八，到二〇一八年降為十一萬三千一百九十五，而且還在續降中。換言之，即使台灣高中、大學不新設，中學畢業生的升學壓力本來就會減少。現在大學不斷增加，但是報考人數又不斷減少，逐漸形成「僧少粥多」、就學機會率大於百分之百的怪現象。二〇一〇年之後，有許多大學招生困難，反而想要「退場」。如果廣設之後隨即廣撤，這種高教政策像是瘧疾，忽冷忽熱，當然會產生後遺症。

少子化的衝擊繼續延伸到研究所，造成近年許多研究所報考人數大幅下降，有些甚至掛零。有些學生看到文憑貶值的趨勢，也就不願再投資升學，乾脆進入職場，不想再念研究所。於是，包括台、成、清、交在內的知名大學研究所，近年不但招生不足，還發現招進來的學生水準也下降。報導顯示，即使台灣的龍頭大學研究所，最近都招不到理想的學生。表二整理台灣大學理工電資碩士班歷年來報考總人數，大家也能發現：在二〇〇七年高峰之後

表一：台灣高中／高職生畢業人數

年度	普通科	普通科（%）	職業科	職業科（%）
1999	103,391	33.69%	203,494	66.31%
2000	107,116	35.89%	191,377	64.11%
2001	114,278	38.99%	178,809	61.01%
2002	126,482	45.00%	154,583	55.00%
2003	120,988	47.60%	133,204	52.40%
2004	126,298	49.40%	129,346	50.60%
2005	134,124	50.12%	133,496	49.88%
2006	136,062	49.83%	136,997	50.17%
2007	137,358	49.18%	141,962	50.82%
2008	132,930	47.96%	144,220	52.04%
2009	132,550	47.56%	146,167	52.44%
2010	130,416	46.15%	152,189	53.85%
2011	129,795	46.46%	149,586	53.54%
2012	129,959	46.76%	147,951	53.24%
2013	129,996	46.92%	147,051	53.08%
2014	129,638	47.55%	143,024	52.45%
2015	119,956	47.95%	130,216	52.05%
2016	111,521	47.73%	122,121	52.27%
2017	117,173	48.56%	124,115	51.44%
2018	113,195	49.00%	117,827	51.00%

資料來源：教育部統計處，2020

就大幅下降。

另外一個影響台灣理工科系招生的因素，就是科技產業。在一九七九年中國大陸經濟改革開放之後，台灣許多產業就開始西進外移。這些產業原本是可以、也應該「升級」的，逐漸由生產代工轉型為研發創新。一般而言，這樣的升級是廠商存活的必經路徑：因為廠商拚成本永遠拚不過後進國家，唯有靠一波波研發創新，不斷以新產品走在後進國家競爭者的前面，才能避免被後進國家超車的困境。但是，台灣廠商在即將轉型升級的關卡，恰逢中國經濟起飛，亟需低階製造業進駐。台商因為同文同語之便，非常容易到對岸「續操舊業」，也就不必費神在島內轉型升級了。

「台灣接單、海外生產」的衝擊

台商外移對岸，具體數字就呈現在「台灣接單、海外生產」的統計表。由表三數字可知，電子資訊相關產業，有非常高的比例都走向「台灣接單、海外生產」的模式；台灣只剩下總公司，養一些白領階級，許多工廠都關掉，大多數移至對岸。以資通信產品為例，二〇〇一年至二〇一八年，該比例由二五．八五%暴升至九三．九九%，到二〇一九才緩降一些。當世界經濟成長時，出口訂單增加，廠商利潤增長，台灣的白領階級報酬上調，但是由此而增

表二：台大理工電資學院碩班歷年報考人數（含考試與推甄）

年度	理工電資學院	總報名人數
2002	7,201	17,474
2003	9,894	18,843
2004	8,629	21,232
2005	8,350	21,387
2006	12,797	29,997
2007	13,523	31,010
2008	12,926	28,068
2009	12,857	29,641
2010	13,481	31,475
2011	11,603	26,756
2012	11,223	26,667
2013	10,465	24,365
2014	9,463	21,463
2015	9,362	20,386
2016	10,153	22,280
2017	9,990	21,583
2018	10,087	21,027
2019	11,355	22,855
2020	11,513	23,484

資料來源：教育部統計處，2020

加的勞工雇用，卻完全反映在中國。台灣由於工廠外移，勞動需求不繼，薪資水準也就無法提升，形成我們近二十年來的薪資凍漲。

台灣工廠外移之後，一開始影響的只是低階技術勞工，但是久而久之就衍生與高等教育有關的問題。有許多科技產品的研發創新，是與製程、或是市場需求相關的。中國的市場夠大、製造量也夠大，於是台商在工廠外移之後，必然會有一些研發能量的外移。當科技產業研發能量也外移時，台灣本地的科技人才需求就會減少，這就產生了以下最不理想的惡性循環：

科技產業研發需求減少↓影響科技系所學生出路↓科技系所招生減少、素質下降↓科技產業因人才供應不足而更將研發能量外移↓科技產業研發需求更減少……

前述少子化與產業外移所產生的加乘效果，是對台灣經濟影響最大的。台灣的經濟如果不能保持動能，在科技、產業創新方面維持競爭優勢，那麼就很難對抗對岸經濟力的磁吸。台灣的民主自由是我們最大的資產，而這種資產需要足夠的經濟動能才能維續。這個道理其實放諸四海皆準：即使是美國，當他們與中國競爭時，也是要維護美國本地經濟成長的優勢，才能立於不敗之地。

如前所述，一旦科技領域的高等教育落入前述的惡性循環，則科技產業將逐漸衰退，科技系所招生不佳，科技高教師資也會逐漸外移。此外，台灣各個大學的教授薪資遠低於新加坡、香港、中國的頂尖大學，已經是眾所周知。資深教師個人條件不同不易比較，以新進助理教授為例，台灣的起薪大約只有上述華語地區的三分之一到四分之一，完全沒有競爭力。

要扭轉產業外移、人才外流的惡性循環

前述人才危機、少子化缺口、科技產業外移等，是彼此相關的問題，需要通盤地、勇敢地尋求突破。國際上有許多例子，都顯示國家的態度、視野與政策，影響未來百年的競爭力。要解決前述少子化、薪資結構困境、科技產業振興、國際人才延攬等問題，健全我們民主社會的經濟能量，應該從以下幾個面向著手：

一、**招收外籍生**：少子化所衍生的招生不足問題，其解決方案必須包括有系統地引進馬、印、泰、菲等外籍學生或僑生，培育五年、十年之後的台灣人才，逐漸補足少子化產生的缺口。這些學生在台灣讀完大學或研究所後進入職場，應該視為我國人才延攬之移民儲備，其取得國籍或居留權要件應該更為友善，以提升台灣的整體競爭力。我國在法規上還沒有「歡迎移民」的設計；外籍生畢業之後尋找工作留在台灣的門檻極高。不友善的人才環境

表三：我國外銷訂單海外生產比例

年度	總計	化學品	塑膠、橡膠及其製品	基本金屬及其製品	電子產品	資訊與通信產品	光學器材
2001	16.1%	1.79	12.88	7.32	13.30	25.85	35.56
2006	37.2%	33.26	15.62	13.74	36.04	76.48	47.86
2007	38.2%	25.37	13.69	14.06	43.96	84.41	47.47
2008	38.1%	19.99	15.65	13.86	47.11	85.08	46.91
2009	36.3%	11.15	15.12	10.30	44.43	82.05	54.64
2010	40.8%	20.57	18.67	14.59	49.57	84.74	56.63
2011	42.0%	20.47	18.82	16.84	52.28	83.50	59.93
2012	41.6%	20.62	18.69	16.68	52.39	84.53	56.50
2013	40.2%	19.72	14.95	15.51	50.68	87.24	52.81
2014	41.0%	21.24	13.96	15.10	51.79	91.07	53.01
2015	40.7%	21.07	14.24	14.70	50.84	92.68	50.87
2016	38.4%	19.17	10.33	13.70	47.11	93.45	47.22
2017	36.6%	17.10	8.53	9.03	45.50	93.58	45.68
2018	35.7%	14.79	8.39	8.82	44.86	93.99	43.12
2019	34.8%	13.56	9.36	7.11	44.95	91.81	41.96

資料來源：經濟部統計處，2019

使我們難以延攬外籍師生，也使我們的高等教育難具國際競爭力。

二、**改善高教人才待遇**：考量高等教研人才的國際競爭，各大學及研究機構應容許相當百分比之教研人才有彈性薪資，並且納入正常預算編列，減輕大學因募款不足而壓縮教授薪資之壓力。我國最高研究機關中央研究院已有類似做法。我們若以十年時間，逐漸調整、評估，逐年擴編公立大學人事預算與私立大學指定補助款，應該能夠逐漸改善現況。

三、**設計高教特殊年金**：多年來我國大學、研究機構教研人員的定位是「準公務員」，年金設計亦然。高等教育師資與其他中學教師或公務人員有一點基本差異：他們是「開國際標」的，是各國爭搶的標的。若年金設計未考慮國際競爭，將使資深優秀人才離職他就，對台灣損失尤大。政府可以在現有「均平式」年金結構之上，考量國際競爭因素、科技產業因素，設計特殊的、附加的高等教研年金。

四、緩和台灣社會的財富不均

二〇〇八年，因為華爾街投資銀行闖禍，而引發了自一九二九年經濟大恐慌以來全球最嚴重的金融海嘯。由於這些投資銀行規模超大、投資範圍超廣，如果放任他們倒閉，由資本主義社會去自行調整復原，恐怕會費時甚久。於是，美國政府決定對若干大銀行、大保險基金紓困，理由是他們「大到不能倒（too big to fail）」。

政府紓困，當然是用納稅人的錢去填補華爾街大財團的公司。結果，當這些大公司拿到大筆政府補助款之後，公司經營者不但沒有對金融海嘯給社會帶來的衝擊有任何愧疚，反而給經理人大發獎金、退休金。這等於是拿金融海嘯受害者的納稅錢，去補貼金融海嘯的闖禍者。世界之不公不義，乃至於斯？於是，發生了二〇一一年「占領華爾街」的社會運動。

《二十一世紀資本論》所點出的問題

媒體報導，占領華爾街運動背後有一位理論指導、精神領袖，就是皮凱提（Thomas Piketty）。皮氏是法國人，原本在美國麻省理工學院（MIT）教書，後來又回法國，成立巴黎經濟學院（Paris School of Economics），設立世界高所得資料庫（World Top Income Database），後來又加入財產資料，改名世界不平等資料庫（World Inequality Database）。這些資料庫收集全球各國經濟學者協助整理的所得與財富資料，計算各國最富有的（例如一％或五％或一〇％）的人，他們的總所得或總財富，占全國總所得或總財富的百分比。

二〇一四年，皮氏出版《二十一世紀資本論》一書，翻譯成數十種語言，全球大賣數百萬冊，皮凱提的著作有許多不同面向的分析，詳細內容可以參閱我數年前寫的導讀與網路連結＊。

皮凱提的主要論點是這樣的：他觀察英、美、法等國家的所得分配，看看過去數十年有什麼趨勢。法國、英國、美國等國地域與文化差異不可謂小，但是都是老字號資本主義國家。皮凱提觀察這些老牌國家資本主義發展史時赫然發現，這三國（甚至包括其他二十幾個市場經濟大國與新興經濟體）的資本持有集中度，從十八世紀至二十世紀初都一路在攀升，直到二十世紀初歷經兩次世界大戰、一九三〇年代經濟大恐慌、戰後政府大規模重建等外在因素，富人的資本集中度才大幅下降。但是，在一九八〇年代柴契爾與雷根新古典自由主義一系列政策（包括對富人大減稅、公營事業民營化）下，富人的資本持有率又快速攀高。資本是生財工具；資本持有的集中化當然會呈現於所得，也就是所得分配的不均化。

新古典自由主義造成的改變

皮氏分析，這個資本累積逐漸集中化的趨勢，是有理論背景與走向軌跡可循的。如果我們再不改弦更張，那麼大約三十年之內，全球各主要市場經濟的資本集中度，大概會有八〇%以上集中到社會最富有的一〇%的人手中。這種情況大略與《孤星淚》的寫作背景、或是馬克思寫《資本論》時所見、或是法國大革命前夕的社會環境相當。由於財富分配太不平均，社會上絕對充滿不安定的因子。總之，這麼不平等的社會，民主是無法永續的。

當前文說「改弦更張」時，我們所指涉的當然是指稅制改變等體制內變革。如果不在體制內做改變，那麼難保不會發生戰爭、革命之類的體制外翻轉。皮氏當然不希望走到那麼

＊網路連結：https://www.storm.mg/article/23089

激烈的騷動，這是他做此研究、撰寫此書的原因。

皮凱提的《二十一世紀資本論》關鍵論述是：如果政府放任市場自由運作，或是採用像現在許多國家的「小政府」施政，那麼三、四十年後社會終將因為財富與所得分配太過不均而產生動亂。這樣的「資本主義運作終將動亂論」，其實與馬克思的「資本主義終將覆亡論」相當接近。差別是：馬克思所參考的歷史資料非常少，但是皮凱提所引所用卻是極為廣泛周延。馬克思的資本主義覆亡論顯然沒有實現，但皮氏推論卻明白點出資本主義社會「不公平」的問題。這些結構性的不公平，證諸金融海嘯後華爾街諸公的嘴臉，我們不難理解為什麼「占領華爾街」運動能夠一呼百應。

關於歐美諸國資本主義社會所產生的財富不均，我不打算在此細述。有興趣的讀者可以上WID的網站，自行取得數據。該網站有友善的應用程式，可以依使用者所需畫出、算出各種所得／財富組在各個期間的所得／財富占比，非常便利。整體而言，我們只需要知道：一、全球所得分配不均，最嚴重的是俄羅斯、中國、巴西、印度、美國、撒哈拉沙漠以南諸國。二、台灣的情況，大致與日本、歐陸國家如法國相仿。三、全球最均平的國家，是北歐諸國。四、全球不論是哪個區域，自一九八〇年古典自由主義興起到現在，所得分配都在明顯惡化。以下，我們就以台灣的資料，做比較仔細的分析。

台灣所得結構的扭曲

股票、土地、汽車等，都算是「財產」，而「財產」是用來賺「財產所得」的，因此財產分配的狀況，跟所得分配息息相關。過去二十餘年，台灣的所得不均跟財富不均都在惡化中，也驗證了「富者越富」的趨勢。財產多、賺得金額多，沒關係；但是財產多、「報酬率」高，就有關係。造成「不公平」最大的關鍵，還是報酬率與租稅政策。以下，就是台灣不公平的概況。

過去數年，我與研究團隊用財政部財政資訊中心的資料，分析台灣家戶的所得分配。我們將家戶總所得切分為土地增值所得（分類上屬於資本利得）、薪資所得、資本所得（絕大部分是股利所得）、自營所得（包括自營工作者所得及律師、會計師的執行業務所得等）及其他所得，再研究其組成與來源。以下整理的結果，可以幫助讀者了解台灣的所得與財富不均。

由圖A觀察不同財富群的所得組成，我們發現，隨著橫軸總所得排序越高，家戶的所得來源組成也開始改變。大致而言，有錢家戶的致富來源是土地（資本

利得，capital gain）與股票（資本所得，capital income），而不是靠工作賺來的薪水。以最富有萬分之一的家戶為例，他們來自這兩種來源的所得，占總所得的八九．八二％（42.93%＋46.89%）。所以，如果有人跟你說他「薪水很高」，表示他還不夠有錢。

有錢人不是靠工作賺錢，是靠土地賺

過去計算所得分配，都是以綜合所得資料計算；但是還有一種所得是土地增值所得，由於這筆所得是分離課稅，不包括在綜合所得裡面。我們在圖A中把土地增值納入計算，會更接近有錢人的實際所得狀況。

在圖A中，最上面一塊即是土地增值所得。以圖中前〇．〇一％的人（即社會上最有錢的萬分之一）為例，他們將近二分之一（四二．九三％）的所得來自於土地增值所得，而薪資所得只有七．六八％。但是社會上其他人呢？基本上，家戶所得越高的，其薪資所得的比例越低。例如社會上最富裕的十分之一家戶，他們的薪資所得還有六〇．一八％，但是最富萬分之一的家戶，薪資所得只有七．六八％，如圖所示。這印證了「靠薪水賺錢的都不夠有錢」。

有錢人到底從土地交易中賺到多少錢呢？從表A看不同所得群的土地與綜合所得中，

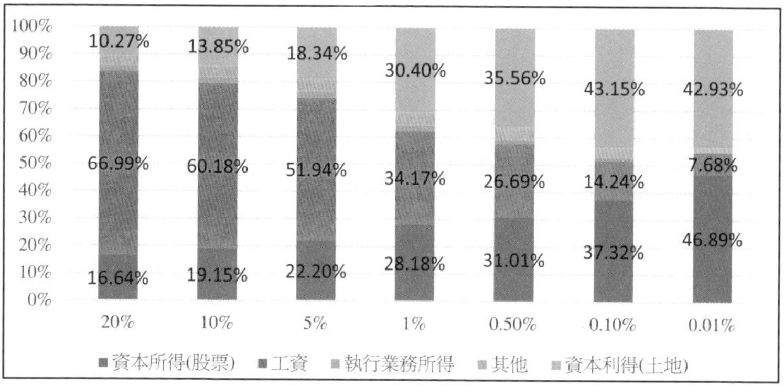

圖 A：不同財富群的所得組成

表 A：不同財富群的土地與綜合所得

不同財富收入群組	年度	不同財富收入群組參與土地交易比例	參與土地交易者，每人平均土地交易所得	全國每人平均土地交易所得	每人平均綜合所得
全國平均	104	2.01%	1,923,307	38,658	525,264
	105	1.65%	1,810,949	29,881	521,712
	106	1.76%	1,950,024	34,320	533,367
前10%	104	5.95%	4,166,391	247,900	2,289,358
	105	4.69%	3,897,757	182,805	2,232,547
	106	5.04%	4,207,289	212,047	2,294,198
前1%	104	13.49%	10,218,925	1,378,533	7,880,498
	105	10.53%	9,458,246	995,953	7,469,048
	106	11.26%	10,237,398	1,152,731	7,762,677
前0.1%	104	25.42%	27,889,904	7,089,614	32,388,906
	105	20.42%	24,110,620	4,923,389	30,024,115
	106	21.85%	26,652,052	5,823,473	31,322,215
前0.01%	104	39.12%	74,890,531	29,297,176	145,299,640
	105	32.28%	64,641,993	20,866,435	137,864,983
	106	39.67%	63,948,359	25,368,314	142,365,609

二〇一七年最有錢的萬分之一，每人每年平均從土地交易賺到二五三六．八萬元，而全國平均只有三．四萬元，兩者相差七百四十六倍。我也要提醒讀者，目前看到的土地交易金額，都是以公告現值計算，而公告現值只有市價的一半左右。所以有錢人真正的土地交易所得，遠比表列數字為高。

靠買賣土地賺錢的，幾乎全是有錢人

為什麼有錢人喜歡進行土地交易呢？主因還是在於稅制。二〇一八年綜合所得稅的最高邊際稅率是四〇％，土地增值稅的最高邊際稅率也是四〇％，但因為公告現值只是市價的一半左右，所以四〇％稅率適用的稅基還打了對折。準此，買賣土地所得課稅的實質稅率，比工作薪資等綜合所得要課的稅率低得多，造成有錢人都喜歡做土地買賣。如果從圖B依財富分組的土地交易比例來看，最高財富組一％的有錢人，其土地交易量就占了全社會的二四％左右。

表A中「不同財富收入群組參與土地交易比例」那一欄的數字，其意義是這樣的。在民國一〇六年，如果在財富最高的百分之十中隨便抽一人，問此人「你今年有沒有出售土地？」回答「有」的比例，是五．〇四％。但是同樣的問題問最富有萬分之一中隨機抽出之

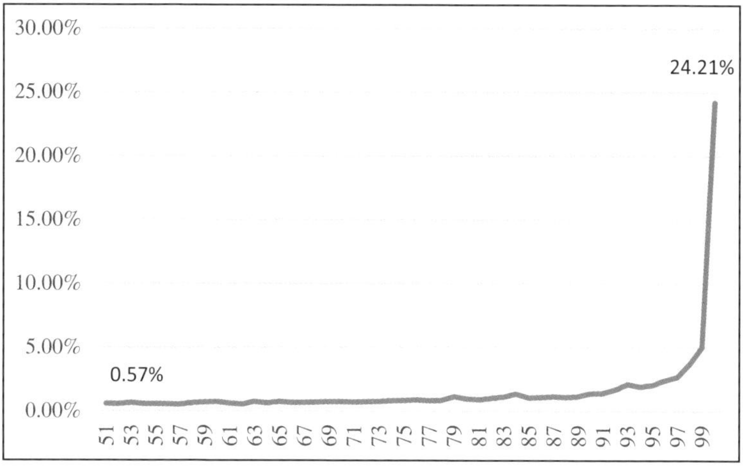

圖 B：依財富分組的土地交易比例

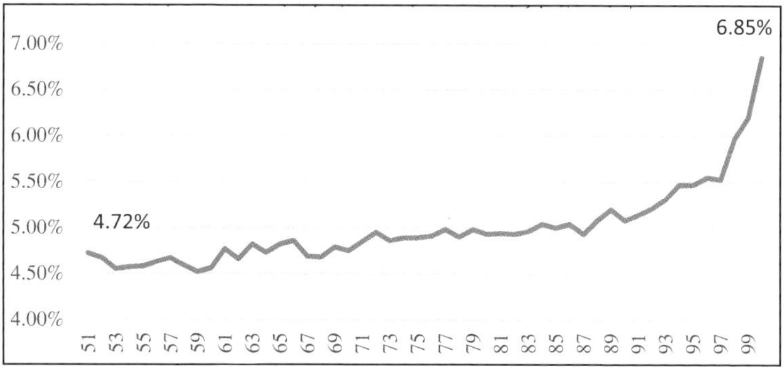

圖 C：依財富分組的土地投資報酬率

人，他們回答「有」的比例，是三九・六七%，將近四成，可見最富有族群買賣土地幾乎是常態！

如果我們把全台灣人民依照其總財富分成一百等分，那麼財富組九九%以上的這群有錢人，他們買賣土地的報酬率會突然暴增達六・八五%，比財富組五一%的家庭的四・七二%，高出將近二%，如圖C依財富分組的土地投資報酬率所示。

有錢人的土地投資報酬率也高於窮人

為什麼有錢人的土地投資報酬率比沒有錢的人高呢？這背後有幾種可能性：第一，是財力限制。大家都知道信義計畫區的土地會漲，都想去投資買地，但是你我買不起，有錢人卻買得起。第二，是資訊優勢。有錢人人脈廣闊，他們能夠知道「哪裡可能會都更、哪裡可能會土地重劃」，於是下場投資；但是這些資

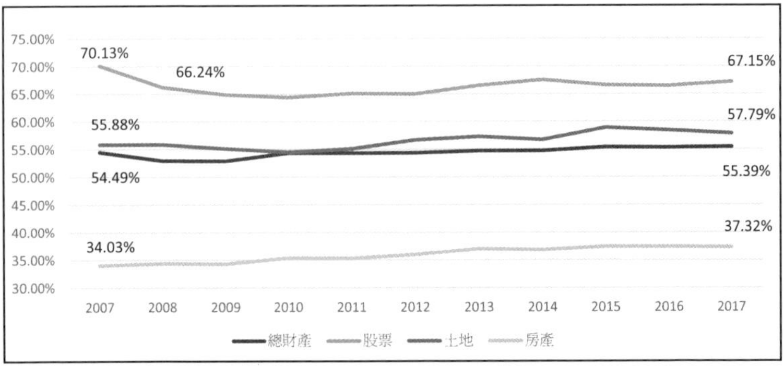

圖 D：最富有百分之十者的財產占比趨勢

訊你我不知道。第三，是專業差異。有錢人請得起一流分析師，於是得到建議投資的精準結論。你我請不起理財大師，以至於投資不利。

報酬率不平均這件事其實很嚴重，甚至比財富分配不均本身還要嚴重，因為這就是「貧者越貧、富者越富」的來源。有錢人不但現在有錢，他們用錢賺錢的獲益率更是大於普通人，長期而言當然會造成財富分配的更加惡化。也因為這樣，整個社會的貧富不均，會隨著時間益趨惡化。以上分析的小結是，房地產買賣是台灣重要的不公平來源。台灣有錢人的投資報酬率較高，究竟是因為上述哪一種原因，恐怕難以釐清。一般的猜測是：三種都有吧。但不論是哪一種，都是使貧富差距拉大的原因。

另外，我們整理了二〇〇七年到二〇一七年的資料，確實發現有錢人占全社會資產的比例，越來越高。這與前述皮凱提在世界各國的發現，若合符節。圖D顯示最富有百分之十者的財產占比趨勢，以其中的股票為例，二〇〇七年時，社會上前十分之一的有錢人，持有整體社會總共七〇．一三%的股票；在二〇〇八年金融海嘯時，下降到六六．二四%。經過近十年，這個數字在二〇一七年上升到六七．一五%。而越有錢的人，他們持股占社會整體比例的增加速度就越快。例如前萬分之一的有錢人，近十年間，持有股票的比例上升了四．七二%。

社會要公平，自由民主才能永續

最後，我想要論述「為什麼公平對台灣社會是重要的」。皮凱提談到「不公平可能引發革命」，我認為那可能是指非常極端的情況。但是一般而言，資本家與勞動者之間不公平，會引發彼此的不信任，增加敵視，應該是可以想見的。桑德爾在其新書中描述，在新古典自由主義思潮下，菁英階級將自己的高報酬視為理所當然，造成多數勞工階級的被剝奪感，是造成近十年民粹主義抬頭的主因，當為確論。

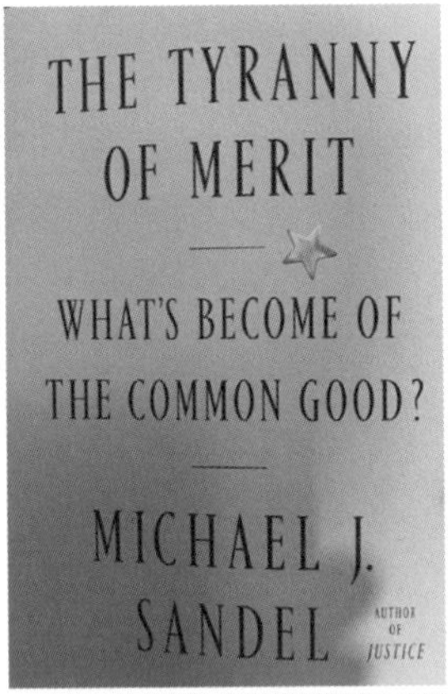

麥可・桑德爾，*The Tyranny of Merit*，暫譯為《菁英暴政》。

許多研究也顯示，比較公平的社會傾向歡迎「創新」，因為他們知道創新所製造的新財富，不會不成比例地落進少數人的口袋。台灣缺少自然資源，經濟發展又不能仰賴不民主、有敵意的對岸，因此尤其需要創新。此外，社會福利好的國家比較公平，而他們的犯罪率也較低。整體而言，台灣比其他資本主義社會，更需要關注公平議題。

五、不要被張夏準誤導了

二〇一〇年起，因為亞非動亂，大批難民逃往歐洲，許多歐洲國家社會受到衝擊，形成排外性的民粹主義。二〇一六年英國脫歐，美國川普當選總統，這些事件加上歐洲難民危機，形成巨大的「反全球化」風潮。因為全球化是「新古典自由經濟理論」的一環，所以反全球化所代表的反新古典自由經濟，或是近乎民粹式的保護主義，自然就成為當紅。

早在二〇一〇年，諾貝爾經濟學獎得主史迪格里茲（J. Stiglitz）就曾經撰寫《全球化的許諾與失落》，其內容差不多就是以「反傅利曼所代表的芝加哥學派經濟學」為主軸。史迪格里茲論述精彩，但是在「反全球化」當紅之後，有些在後面搖旗吶喊的小嘍囉，就有點胡說八道了。新古典主義所主張的自由市場論確實是需要批判，但是不能瞎批判。對資本主義胡亂開藥方，不但無法健全民主，卻可能「反誤了自己性命」。以下，我就以《富國糖衣》與《資本主義沒有告訴你的23件事》為例，把一些道理講清楚。

從經濟歷史切入批判

這兩本書的作者張夏準，其專業偏經濟史，對於近三百年歷史上的經濟發展事件與經濟思想流派非常熟悉，因此他經常用「兩組歷史事件呼應比對法」，去凸顯新古典理論之非。例如，美國自獨立革命以降百餘年，都執行產業保護政策，美國今日也國力強大，張夏準以此推論：「可見產業保護未必不好」。台灣與韓國一九六〇年代識字率分別不如菲律賓與阿根廷，但是台、韓其後三十年的經濟發展嚇嚇叫，把高教育水平的菲律賓與阿根廷給比下去了，可見「更多教育未必能讓國家富裕」。

此外，台灣、韓國與新加坡經濟發展初期政府

都有大力介入，後來他們成為亞洲四小龍，可見「政府介入產業未必是壞事」。拉丁美洲若干國家在 X 時期實施新古典自由主義，Y時期實施保護與干預，而 X 時期成長率反而比 Y 時期低，可見「新古典自由經濟未必有利經濟成長」。二〇〇八金融海嘯當然是新古典自由派放鬆管制闖的禍，可見「金融市場未必能完全自由」。中國最近二十幾年突飛猛進的經濟成長，當然也是可見「歐美自由資本主義未必全然正確」的鐵證。

這些例子，充斥在這兩本書的章節，大概就是其論述的主軸。但是我既不同意他的論述，也不認為他提供了完整的說理，更不認為他的著作值得年輕朋友閱讀。張教授批評新古典自由經濟的若干缺點，我都同意。但是我認為他推理錯亂。這樣的論述能夠說服一部分外行人，但是可能產生的後座力也不小，會誤導社會對自由市場缺陷的理解。台灣讀者千萬不能誤信其謬論。

傅利曼所開創的「自由主義」科普論述

以傅利曼領軍的新古典自由主義思想，我在三十年前也頗受其吸引。那個時候，自己才是剛拿博士的幼齒學者，思想還不成熟，後來逐步摸索，直到接觸到完整的政治哲學，廣泛閱讀近百本大塊頭書之後，才逐漸進階「無惑」。在初始階段，我只是知道「有許多反例與新古典理論牴觸」，這些反例與前述張夏準所提頗為相似。

但是我要提醒一般讀者注意一些陷阱：一、有些反例的文字敘述聽之合理，卻可能經不起稍微嚴謹的邏輯挑戰。若是如此，則即使論述一時有蠱惑眾人之效，但是難以持久。二、即使例子中的論述經得起細密邏輯檢證，但是「一個例子畢竟只是一個例子」，離一般性推論還有些距離。準此，我們希望「例子之後」的推論能更一般化，能夠使讀者得到更大的啟發。如果沒有達到這樣的水準，只是說了許多「未必」的負面結論，偏偏就沒有正面歸納，那麼說服力就打折了。

讓我舉幾個錯誤推理的類型，逐一解析。

首先，分析現象不能只看單一因素，不討論其他的環境背景。例如，如果我們發現拉丁美洲有些國家（稱為A）在某些時期採行芝加哥學派的新古典自由主義做法，開放市場，減少政府角色。我們也找到另一組「不採行新古典自由主義做法」的國家組（稱為B）。由於B組的經濟成長比A組好，於是就跳到結論：「你看吧，新古典自由主義未必好吧！」

但是這樣的推論當然是有問題的，A與B除了採行經濟政策的差別之外，還有軍閥干政、國際壓力、政治穩定、外債爛攤、國際油價、國內社群等諸多因素的糾葛。我們若只拿一堆變數中的一個變數做斷首斷尾的分析，邏輯漏洞碗口一樣大，這樣哪裡有說服力？

分組對照比較，不能忽略環境

其次，許多人經常用「踢走梯子」描述已開發國家。例如，美國早年都是「借用」（盜用）英國技術的、都是保護本國產業的，但是等到美國自己領先之後，就希望後進國家尊重智慧財產權（停止借用，或是借用要付費），以及要求別的國家停止政府補貼企業。論者認為美國是「爬上高牆之後就把梯子踢開」，故意阻礙後進國家，用心歹毒。

但是，這樣把相隔一百多年的事例兩相比較，完全忽略了時代的改變，欠缺說服力。一百多年前，許多國家還沒有智慧財產權法；或是即使有法律，也還沒有深植人心，那個時候當然是「天下技術一大抄」。可是一百多年後的今天，道德觀念有了很大的改變。現在希望尊重智慧財產權，一方面固然有智財先進國家的自利私心，但是另一方面也反映現代社會對人類創意的尊重。我不買盜版軟體，不是因為我愛新古典自由主義，而是因為我尊重原創人。這與梯子不梯子沒有關係。

再舉個極端的例子，說理就更清楚：一百多年前絕大多數美國人都還蓄奴，全世界都虐待童工。如今

先進國家主張人人平等、不要蓄奴、不要用童工，難道這也算「踢走梯子」？難道我們可以主張：「喂！你們自己以前也蓄奴啊，所以台灣蓄奴也可以啊！」學者如果只是責怪英美強權踢走梯子，但是沒有分辨哪些是社會進步後的道德提升，哪些根本不是單純的「梯子」，則這種論證一定說不清楚，也弱化了說服力。

政府補貼千百種，究竟哪一種不合理？

中國的經濟學家也常說，英美強權以前也有政府補貼，也鮮少產業補貼規範，現在憑什麼反對別國的政府補貼、要求別國政府做產業補貼規範？但是這個論述太單薄，對於千萬種政府補貼與政策沒有進一步的區辨力。這就是我前文提到的，只有負面「未必」，沒有正面延伸。

歐亞各國對陸地農業補貼，通常是源於農業選民的壓力；他們的政客不依順，根本就會失去政權。瑞士國會議員有七〇%以上是農民出身，瑞士行政官員有什麼膽子停止補貼農業？亞非諸小國對漁業濫捕很少干涉，有一部分是因為這些國家根本沒有海巡能量；這不是故意不規範產業，而是沒有辦法實施規範。中國大陸對「中國製造 2025」補貼，是因為要在高科技產業超英趕美，有需求面網路經濟（network economy）的戰略考量。韓國對鍊鋼廠補貼，是為了填補初期的開辦成本，有成本面的報酬遞增（increasing return）考量。補貼千百種，究竟什麼可以什麼不可以？我們既然要分析補貼，就應該要提出分辨解析的準則，不能只是起鬨，用諸多「未必」矇混說理。

中國若干學者批評美國對科研的補貼，認為那是他們高科技產業有競爭力的原因之一。這個論點又似是而非。民主國家的政府補貼，對於中小企業研發比較寬鬆，但是對於大型企業，就只能補助「不涉及特定事業利益」的科技研發，而且經費只能撥付大學等科研機構。如果有政府補貼涉及特定事業利益，那就是圖利他人，是貪汙舞弊行為。我任國科會主委兩年多，如果曾經補助特定事業，早就進土城看守所了。中國學者的批評，顯示其對於民主政治下的科研補助政策了解錯誤。

補助科研，不是新古典自由主義

那麼為什麼民主國家要特別制定「不針對特定事業」的科技研發補助法規呢？那是因為：科技研發具有外溢效果、重尾（heavy-tailed）回報、穩定投入的特性，一般市場機制根本沒有誘因支持科技研發，所以科研是最典型值得國家介入的領域，各國遂皆有類似「科學研究基金」的設置。這些理論，文獻上早已是定論。

綜合而言，一般產品的軸線，是「由工廠到市場」，全世界政府在WTO的規範下都同意：「出了工廠之後，不要再有政府補貼，讓市場公平競爭」。但是對於科技產業，他們的產品軸線應該是「由實驗室到工廠，再由工廠到市場」。政府可以介入補貼的，是「從實驗室到不特定工廠之間」這一段。究竟政府在實驗室到工廠之間該有什麼補貼規範，其實在學理上還沒有定論。但是無論如何，先進國家補助科研並沒有理虧，政府補貼科研並不是資本主義的缺陷，我們沒有胡亂批評的道理。

《富國糖衣》與《資本主義沒有告訴你的23件事》的作者張教授生於長於韓國，對於韓國經濟知之甚詳。他在書中非常自豪韓國政府排除眾議，強推大鍊鋼業、汽車製造業的績效，認為那些是政府介入經濟運作的「成功」實例。同樣的邏輯，或許他也會認為中國的阿里巴巴、華為等也是成功案例。

韓國產業，算是「成功」嗎？

但是，什麼算是「成功」呢？如果當初韓國選擇發展的是鍊鋁業而不是鍊鋼業，如今會不會「更成功」？政府全力補貼投入一家工廠，別的國家沒有這麼做，只要沒有貪汙舞弊，大概很難不成功吧？如果有ABCDE五個產業政府可以全力投入，為什麼後來選擇E，而非ＡＢＣＤ？這是一個產業選擇問題。在資本主義自由市場中，資源流向哪個產業大概是「利潤導向」決定的，外界對於純粹利潤考量批評不少；但是在政治場域，產業選擇八成是政治人物裙帶決定的，或是在於政治領袖一個人的判斷。這兩種決策模式都有缺點，若說韓國鋼鐵業的選擇是成功的，其實是欠缺判準的。

韓國的經濟發展模式，是以「集團軍作戰」為特色，鋼鐵、汽車、半導體、家電皆如此。台灣曾經想模仿這樣的集團軍模式，但是橘逾淮為枳，我們學不像。集團軍模式發展下去，一定會出現超級大財團、財閥，不但集團領導富可敵國、頤指氣使，而且勞工權益、公民制衡等力量都受到壓抑。台灣沒辦法走韓國產業發展模式，其實是因為社會力的牽制。

《天下雜誌》曾經有幾次報導韓國財閥經濟下年輕人的苦悶與挫敗感，看起來比台灣嚴重許多。此外，韓國的所得分配不平均，也比台灣嚴重。台灣公民社會頗有規模，能夠擋下若干政府的產業規畫。所以，韓國在成功產業的背後，也有另一掛伴隨的社會問題。要論述「韓國汽車產業成功」，應該要比較整體面向吧？總不能只看「一將功成」，不看背後的「萬骨枯」吧？

民主與經濟發展，是同一位階嗎？

也有人認為新加坡淡馬錫是成功的國家介入產業，我有強烈的不同意見。淡馬錫是一個主權基金，全世界只有兩類國家能運作主權基金：或是非常民主的國家，一切細節都透明且上軌道，如挪威；或是非常不民主的國家，沒有東西透明，任何人質疑任何細節也沒有用，如中國、新加坡、馬來西亞。淡馬錫的CEO是總理李顯龍的夫人（Errrr），這樣的安排，本身就是一個民主制度的重大失敗。所以，什麼叫作「成功」？台灣有些人老是學別人，也想推主權基金，這是腦筋不清楚的胡亂政策建議。台灣可以學習挪威的民主，但是不能學新加坡或是中國的所謂「民主」。

最後，我也要評論一下社會科學背後的整體價值觀。在《富國糖衣》的一章中，作者質疑「民主是否能促進經濟發展？」他認為，「經濟發展會帶來民主」才是比較正確的推論。這樣的評論，幾近癡人囈語。「經濟發展」未必走向民主，最近二十年的中國已為著例；中國不但沒有走向民主，而且越來越走回頭路，極權而恐怖。在理論層次的民主與經濟發展之辨，我比較同意艾塞默魯與羅賓森（A&R）「民主與經濟發展互為依存」的論述。艾塞默魯因為這些研究而拿到美國經濟學會克拉克獎，他的諸多著名論文，非常值得參考。

就概念而言，「在自由民主的環境下讓人有機會自我實踐」，這是人本主義的基本價值與目標。沈恩（Amartya Sen）依此推論，而有「為了實踐自由而經濟發展」（development for freedom）的名句。簡單地說，經濟發展是手段，民主自由的生活方式與自我實踐是目的。把經濟發展與民主放在同一個位階相比，這是令人失望的論點。

總之，台灣的資本主義社會確實有不少毛病，它會侵蝕我們的民主根基，需要做些調整。但是，我們在做政策建議之前，先要搞清楚病因病理，不能胡說八道地瞎起鬨！

流行歌曲與藝術歌曲的分配比重

張夏準對資本主義的批評雖然水準普普，但國外還是有一些不錯的書評，大都是「淺顯易懂」、「文筆優美」、「平易近人」之類。唯一的經濟學專家史迪格里茲的評論卻是「充滿智慧、活力，以及具有爭議性的著作」。依我們學界的慣例以及我對史迪格里茲的了解，「具爭議性」是個關鍵字，我們必須理解其言外之意。史迪格里茲本人也寫過不少經濟學的科普，我曾經評論過的 A&R、克里斯汀生（Clayton Christensen）、羅斯等人，都有科普寫作。我對於這些著作，都給予高度評價；他們的寫作絕對「不具爭議性」。

所謂科普，就是把科學知識普及化。寫科普的先決條件之一是「本科知識一定要精準掌握」，之二是「論述可以簡化但是不能扭曲」。所以科普像是給專業知識非本行的人或時間有限的人，提供摘要彙整。這是不容易的工作，需要功力。

如果把正宗學術研究類比為唱藝術歌曲、歌劇，那麼寫科普就是唱流行歌曲。多明哥（Placido Domingo）唱了幾十年歌劇，聲樂基本功深厚，然後才與丹佛（John Denver）唱 "Perhaps Love"、與另外兩位男高音到世界盃足球大賽獻藝。所以本與末，是不能倒置的。有些人喜歡胡亂做財經政策建議，有些官員政客居然也胡亂接受。我給這些人的建議是：「要多做基本功，功力不到，不要亂唱流行歌曲」。批判或修正資本主義的論述，絕對不是街頭賣藝，要有理論基礎，否則不但不能健全民主，反而會傷害之。

參考書目

1. 《洞悉市場的人》，古格里．祖克曼，天下文化出版公司，二〇二〇。
2. 《二十一世紀資本論》，托瑪．皮凱提，衛城出版社，二〇一四。
3. 《資本論》，馬克思，聯經出版事業公司，二〇一七。
4. 《全球化的許諾與失落》，約瑟夫．史迪格里茲，大塊文化出版公司，二〇〇二。
5. 《富國糖衣》，張夏準，天下雜誌，二〇二〇。

6. 《資本主義沒有告訴你的23件事》，張夏準，天下雜誌，二〇一〇。
7. Chu, C. Y. (2010). The Regulation of Structured Debts: Why? What? And How?. *Southern California Interdisciplinary Law Journal, 19*(3), 443-471, https://works.bepress.com/cyrus_chu/2/
8. Sandel, M. (2020). *The Tyranny of Merit: Why the Promise of Moving Up Is Pulling America Apart.* Farrar, Straus and Giroux.

III

民主的威脅

一、為什麼共產主義國家都是極權專制？

前文提到，對台灣民主最大的威脅，不是台灣內部出現民粹強人毀憲亂政，而是來自對岸的威脅。因此，為了台灣民主的永續，我們必須要了解中國共產黨這個政權。中國共產黨的運作邏輯是什麼？他們的高壓統治是如何操作的？他們與民主體制有什麼根本的矛盾？但是中國共產黨是舶來品；要了解中國共產黨，還是要從它的源頭去探索。對此，《共產世界大歷史》是一個很好的切入點。

相信絕大多數讀者在看本章之前，在高中都多少讀過片段的歐洲史、世界史等，對於過去兩百多年的歷史環境背景，多少有點了解。那麼，為什麼還要再研讀共產極權的歷史呢？這一點，我留待本章最後再做解說。以下大部分的論述，先就共產世界大歷史的脈絡做些補充。所謂脈絡補充，是對幾個面向做架構性的串整，希望能增加讀者的情境感。

共產主義的緣起背景

共產主義與共產黨興起的背景，當然與兩百多年前歐洲社會的普遍慘狀有關。馬克思的共產主義宣言描述了幾種壓迫者與被壓迫者之間的矛盾，包括自由人與奴隸之間、貴族與平民之間、領主與農奴之間、行會與學徒之間等。但是階級矛盾在人類歷史上已經存在數千年，為什麼這些矛盾在兩百多年前變得格外嚴重，而且到了馬克思不忍卒睹的地步呢？關於一兩百年前勞／資對立的環境背景，應該先做幾點理論架構的補充。

為什麼剝削勞工在十八世紀變得更嚴重？簡單地說，是因為經濟「分工」的環境產生了巨大變化。在一七七六年亞當・斯密（Adam Smith）所寫的《國富論》（*Wealth of Nations*）裡強調的重點，就是「分工」。要執行分工，當然要有社會客觀的背景（例如群聚規模夠大，如此分工之後才便於交換），也要有人們主觀的心理準備（例如啟蒙主義、重視科學，生產技術上遂能出現許多技術上可行的分工領域）。分工的結果，就是「每個人只做一小個環節的工作」，其

他環節之間的串連，就管不著了。

那麼由誰來完成這些串連呢？通常就是所謂的資本家。例如，資本家從印度進口棉花，經商船海運數月，到英國曼徹斯特靠港卸貨送廠，由棉紡工人紡成棉布，送製衣廠縫裁衣服，再由船運轉售世界各地。簡言之，分工越是細密，紡紗勞工或搬運勞工等在大經濟圖像中的角色就越渺小，資本家所扮演的串連角色相對而言就更形重要。

在十八世紀末，還有另外兩個因素結構性地改變了分工的大環境：帝國主義使得分工鏈變得非常長（如前述英國輸入印度殖民地種植的棉花），可以跨越數千公里，幾乎是最早期的「分工全球化」。另一方面，工業革命則使得機器產製標準化，當然分工也就標準化。帝國主義（分工全球化）與工業革命（分工標準化），遂大幅深化了勞工的雇用，於是「勞方」與「資方」的對比、勞工被資本家剝削的常態，就漸漸凸顯了。

在十八世紀工業革命與帝國主義之前，當然早就有勞工、有雇主，但是因為沒有大規模的勞工／資本家體制化，所以問題還不算嚴重。十八世紀之前全世界比較嚴重的階段對立，其實是地主／佃農、或貴族／農奴之間的矛盾。雖然剝削性質不同，但是其壓迫／被壓迫的關係，與勞／資之間是相似的。這也是為什麼蘇聯與中國沒有工業化的勞／資問題，但是共產主義的階級鬥爭論，對於中國與蘇聯卻一樣有號召力。

為什麼是資本家剝削勞工，而非反是？

從理論層面來看，為什麼是資本家剝削勞工，而不是勞工剝削資本家呢？很多人對這個問題不予深究，但這是一個合理而且重要的問題。馬克思說，以前沒有分工的時候，小農養豬拿去市場賣，所有賣得的收入全是小農的，其中有小農的勞動所得，也有利潤。憑什麼現在分工之後，勞動所得以外的收入就全歸資本家？我認為馬克思用這個「分工之前自給自足與分工之後勞資拆帳」的比較，去合理化「利潤也該歸勞工」，邏輯上並不夠堅強。

比較完整的說理是這樣的：前面提到，資本家把散諸各地的原料採集、貨運裝卸、生產製造、行銷配送等串連起來，他們得到一些報酬，並沒有什麼理虧。關鍵是：為什麼資本家會拿到「太多」報酬？「剝削」的關鍵，是一方拿太多，另一方拿太少。

前述這些串連工作跨越大半個地球，往往需要資金甚至武力（東印度公司都配備自己的武裝艦隊）的支持，也承擔不少風險。通常，這些資金或武力的管道，都是獨占或是寡占，而勞工，卻是散戶個人。散戶當然容易被各個擊破，也當然容易成為被剝削的對象。此外，資本家的風險難以名狀，而勞工的工作相對標準化。通常，標準化的東西容易按單位計酬，而難以名狀的資本家工作，就變成拿最後的剩餘，那就是資本家的報酬。簡言之，勞工的工作內容越是標準化，他們越是零散而無組織，就越容易被剝削，只拿到微薄的報酬。

如前所述，十八世紀、十九世紀工人或農民的待遇非常差，所以馬克思的共產主義就主張：要消滅私有財產制，也就是消滅私人的財產所有權。但是究竟什麼是「所有權」？我相信馬克思並不真正了解。這也產生了馬克思主義執行推動上的困難。這一點，文獻上沒有人提，算是我不成熟的「一家之言」，說明如下。

馬克思真的了解財產「所有權」嗎？

所謂某甲對X財產擁有所有權，其實是指甲對於X財產的「排他性支配權」。例如X是甲的房子，那麼這間房子要做倉儲、還是住宅、還是閒置等使用支配，完全由甲決定，排除他人置喙餘地，這就是甲對X的「所有權」。共產主義要消滅私有財產，只能拿走甲對X支配決定的「排他性」，但是拿不走「支配權」本身。X房舍究竟要怎麼使用，這個「支配」決定終究要有人做啊！不准甲支配、也不准乙支配，那麼究竟要由誰來支配？終究要有個歸屬啊！馬克思不了解所有權的真正核心是「支配權」，所以他沒有想到這一層的問題。

如果是一個小團體，例如學生宿舍、公寓大廈走道，那麼前述共有支配權的問題不難解決，大不了十幾個人開個會就好了；資本主義國家有許多「合作社」的組織，規模不大，運作方式就是如此；台灣的《公寓大廈管理條例》，也是相同的規範方向。但是像中國、俄羅斯這樣的大團體，每日所需要做的支配決策可能上百萬，人口數好幾億，根本不可能由幾億人做集體支配決策。那要怎麼決定支配權呢？

所有共產國家都是把這些決策交給「共產黨」。但是這不是說了等於沒有說嗎？中國現在有九千多萬名共產黨員，這麼多人，還是沒辦法做這麼頻繁的支配決策啊！所以具體的操作，就如托洛斯基（L. Trotsky）所說的，就是「以黨的組織代替整個黨，再以中央委員會代替黨組織，最後由一個獨裁者代替中央委員會」。簡言之，由於所有權其實是一堆支配權的總和，所以拿掉私有財產權，就必定要有一個設計，去承接每天成千上萬個支配決策。那個設計，在幾百萬人以上的大團體，必然是個獨裁的設計，否則運作不了。我們看全世界的共產黨國家，全都是極權國家，無一例外，原因就在於此。財產共有，就必然導致與財產有關的支配決策的獨裁。除此之外，別無他途。

所有共產國家，都是極權國家

財產共有說起來很簡單，但是每日成千上萬支配權的歸屬，真的要執行絕對麻煩多多。既然麻煩多，就得簡化決策，但是性質不同的決策硬要簡化成可以執行的模式，就只好把做決策的人數簡化，那就是獨裁。德國的考茨基（L. Kautsky）說，無產階級專政最後會變成「少數共產黨員對所有無產階級的專政」，真的是一語中的。

許多人說，馬克思的理論有幾個錯誤：預測共產革命在西方資本主義國家發生，這是預測錯誤；他也認為資本主義要用革命手段推翻，不能（像北歐社會福利制度那樣）修正改變，這是判斷錯誤。這些討論，以往文獻中都有提到。但這些還不算是嚴重的理論錯誤。馬克思並不了解「所有權其實是支配權的總和」，「拿掉個人所有權」並沒有解決「支配權誰屬」的關鍵問題，我認為這才會造成嚴重的推理偏差。

許多經濟社會學科研究者都分析：擁有財產權的人才有強烈的動機，對財產做效率最佳的支配，所謂「有恆產方有恆心」，就是這個意思。因此，打掉個人財產權，其支配權落入共產黨幹部之手，經濟效率變低是必然的結果。也因為如此，在美蘇冷戰中，蘇聯可以說是輸在「共產黨計畫經濟沒有效率」這樣一個簡單命題。在全球各地的人民公社，都產生「在公社啟動前大家先吃掉自己的私產牲畜，在公社啟動後則整體產量降低」的現象。所以共產制度缺乏個人努力的誘因，制度沒有辦法激發個人效率。

制度改變，必須考慮「走過去的成本」

馬克思論述的另外一個大問題，則是輕忽了財產結構改變的巨大社會成本。就算所有權共有之後，國家設計了一種支配權運作的合理決策方式，但是從「私有財產制」往「公有財產制」移動，究竟要付出多少代價，馬克思的《資本論》未置一詞。《共產世界大歷史》一書的絕大多數篇幅，都在記述過去一百多年從「私有財產制」往「公有財產制」移動過程中的鬥爭史，真的是慘絕人寰。鬥爭的對象，都是資本家與所謂地主階級。中國的鬥爭記載顯示，這些地主未必全是什麼十惡不赦的壓迫階級，有些只是中農、有些是小康之戶、有些是幾世代奮鬥有成的積善之家、有些是被社區地痞流氓挾怨報復的倒楣鬼。無產階級若要把這些人全部鬥垮鬥死，人家當然反抗。所以，「走向共產」的過程，必定血跡斑斑。

被鬥爭者反抗共產革命最有效的方法，就是倚附另一群有勢力的人，例如軍閥、豪強，甚至帝國殖民者。因此我們在過去一百年中，最常看到的鬥爭未必是勞工階級與資本家的鬥爭，卻是號稱的共產革命者在與帝國主義者鬥爭、與親美政權鬥爭、與地方勢力鬥爭、與軍閥鬥爭。這些廣泛鬥爭即使一開始是有是非有理想的，但是一旦彼此殺伐死傷數十萬、數百萬人，則理想與是非皆已耗盡，剩下來的就是純粹的殺戮。過去一百年所有發生共產革命的地方，都是血流成河。如果問馬克思：要達到所謂全球無產階級專政，要殺掉全世界二分之一的人口，馬克思會不會重新思考他的論述呢？

共產主義的出發點，是因為觀察到（例如有五〇％）被壓迫者的悲慘，而心有不忍，這個起始點是人本主義的。如果「解決」這個人本關懷的結論竟然是：把五〇％的人殺死，這還算是人本主義嗎？真的還要革命嗎？如果要死亡七五%的人，還叫作「世界大同」嗎？看看過去一百年，全世界共產革命「成功」取得政權、把持政權的，全都是狠戾暴虐到不可思議、喪心病狂的「非人本」之輩，例如毛澤東、斯大林、金日成等，因為唯有狠戾至斯，才能把革命的障礙連根拔起。心裡還有一點人文關懷的，例如戈巴契夫、趙紫陽，大概都是「失敗」的共產革命者。

俄羅斯與中國，如今都是更惡質的資本主義

關於制度移轉的成本，其實是所有改革者必須考慮的因素。記得有一年大哲學家德沃金（Ronald Dworkin）來台訪問，台灣正在爭辯A、B兩個修憲方向的優劣。一位研討會參與者提問，請教德沃金這兩個修憲方向的利弊，德沃金的答覆是：「我會先看如何從現狀轉移過去」。這就是制度移轉的成本考量。也許B案看起來比較理想，但是如果由現狀往B移困難重重，則很可能就捨B擇A。

前述制度轉換成本，不但適用於一百年前共產革命方興未艾時，也適用於過去三十幾年共產主義政權崩潰，重新走向部分資本主義的過程。一九九一年蘇聯解體、一九七九年中國大陸改革開放，都是「由共產主義往資本主義修正」的發軔。但是這條路也不好走，

而在俄羅斯與中國，事實上也產生了超大的弊端。當共產政權要釋出一些國家資產時，由於掌權者有資訊優勢，這個過程非常容易圖利原本共產國家掌權者的裙帶，例如俄羅斯的KGB、普丁的好朋友、中國共產黨的太子黨、中國各省黨委書記等。俄羅斯與中國最近三十年把國家資產下放民間，造就了一群超級大地主與超大資本家。這樣，先從私產改為共產、再由共產改為高官幹部太子黨的裙帶私產，社會現在真的有比共產革命之前好嗎？社會不公平真的改善了嗎？

Google一下，中國今天的房地產大亨王健林，資產二百四十二億美元，馬雲身價四百三十二億美元，任正非十二億美元，馬化騰五百四十三億美元。鄧小平說，中國在實行「具有社會主義特色的市場經濟」；但是不管他用什麼名稱，這個國家就不是共產主義。全世界現在已經沒有國家在實施共產主義，只剩下掛羊頭賣狗肉的極權主義、裙帶搜刮主義、黨二代資本主義。這些掛羊頭賣狗肉的所謂共產主義國家，都比一百多年前馬克思寫《資本論》的時候，更不人本、更為不公不義、更令人作嘔。

歷史脈絡的糾纏與互動

此外，我們也可以附帶討論近代歷史研究的方法論。我們大致可以這樣說：如果沒有三百年前的啟蒙主義與理性主義，就不會有科學發展與工業革命。如果沒有工業革命所創造的船堅砲利，帝國主義就無從發威。兩百年前的工業革命與帝國主義加起來，造就了全球性的資本主義與殖民統治。全球性的資本主義與殖民統治，惡化了勞工條件與階級對立，於是在一百多年前催生了共產主義。帝國主義下的被壓迫者想要快速翻身，某些地區在八十年前又醞釀了法西斯主義……整體而言，這些歷史事件是攪和在一起的，很難切開來談。

以二次世界大戰後的局面來看：二戰之後，如果那些原先的殖民國家不要再侵凌被殖民國，那麼共產革命會不會緩和一些呢？是不是政局可能穩定一點呢？有些地方（如阿爾及利亞），殖民母國（法國）屯居了百萬人民，他們不願意離開殖民地，我們還比較能理解。但是像荷蘭、法國，二戰期間根本是亡國帶罪之身，戰後就立刻想騎在原殖民地印尼人、越南人頭上，都派了幾萬傭兵到印、越，肖想繼續殖民剝削，這當然是帝國主義的餘孽。我相信，印尼與越南今天的命運，相當程度受到二戰之後法荷帝國主義餘孽的影響。要分析這兩個國家的共產主義，恐怕非得與帝國主義一起討論不可。

此外，中南美洲國家的共產革命，恐怕也與五百年前西葡的殖民統治切不開。如許多研究者所述，西葡兩國在中南美洲的殖民統治極盡榨取之能事，使得這些地方階級對立嚴重、奴隸制度普遍，正是共產革命發動的最佳場域。全世界最晚廢除奴隸制度的國家，是巴西。這樣的殖民奴役背景，究竟對中南美洲的階級鬥爭有什麼影響，也值得進一步省思。

台灣的歷史教育缺少「生存意識」

最後，回過頭來看台灣的歷史教育。幾十年前台灣的歷史教科書，太著重中國史，缺少台灣的主體意識與關懷，最近十年逐漸有所調整，我認為這個方向是正確的。但是，我擔心這樣還不夠。

歷史教育的目的，當然是要教育下一代的「情境概念」，述說我們的根源、遭遇、演變，幫助下一代在理解情境後做出他們的決定。情境概念當然包括主體意識，但是也應該包括「生存意識」。我們教學生重視環境保護與全球暖化，是因為那影響到他們的生存。同樣的，如果我們的鄰居是最最基本教義派的共產革命國家，有屠殺上千萬人與文化大革命的「優良傳統」，台灣的下一代是不是也該更了解共產主義與共產政權呢？台灣人民對於共產黨普遍欠缺了解，恐怕是個值得憂慮的事。

二、中國共產黨的雙重悲悼

我在WTO任大使時，有一回與該機構副祕書長布魯那（Karl Brunner）聊天，瞎掰「中國共產黨與德國共產黨，哪一個比較壞？」這有點像兩個小學生在討論「是你的老師比較凶還是我的老師比較凶？」純粹是茶餘飯後。由於我們彼此都只有單一觀察，所以也沒有什麼把握肯定地下結論。

哪一群人比較壞，是新鮮生猛的「比較歷史學」

布氏對德國共產黨的感受，是有個人經驗的。他家住柏林，但是有個哥哥在冷戰時期身陷東柏林，他們兄弟之間偶有通信。有一回東柏林的哥哥在信中表示，希望有機會移居西柏林，結果信件被檢查。東德情治機關單單因為這封信，就以「意圖通敵」之類的罪名將他哥哥入罪、下獄數年，一直到柏林圍牆倒塌之後，哥哥才重獲自由。我相信這個經驗刻骨銘心，也使布氏很難相信，世界上還有哪個極權體制，能夠比東德共產黨更可惡。

隱隱然，我認為中國共產黨更可惡、更扭曲人性。這個感覺，當然是有背景基礎的。在讀畢《唱垮柏林圍牆的傳奇詩人》與《18個囚徒與2個香港人的越獄》兩本書，有更多的資料背景，能夠幫助我把「極權體制比爛研究」這個題材，做更系統性的探討。

二十世紀的共產極權體制，蘇聯當然是老大哥。東德、蘇聯統治下的東歐諸國、一九四九年之後的中國，都是蘇聯老大哥所教出來的小老弟。毛澤東早年說「跟著蘇聯老大哥走」，應該是真心誠意的。《唱垮柏林圍牆的傳奇詩人》書中描述，東德共產黨也是看蘇聯臉色行事。即使是一九二〇年代的中國國民黨，也與中國共產黨是同胞兄弟，當年孫文確實吸收了不少蘇聯的統治方法。

各國共產黨系出同門，但如今皆掛羊頭賣狗肉

但是「系出同門」並不表示沒有優劣之別，而就「比爛」而言，後起的共產黨政權也未必不能青出於藍。以下，我試圖將文獻中讀到的極權體制種種彼此參照，做一番比較。

林彪、鄧小平兩人，都曾經將「馬恩列斯毛」並列；說他們是「共產主義體制的五大巨人」。但是把馬克思與恩格斯兩位拿筆桿的與列寧、斯大林、毛澤東這三位拿槍桿的並列，恐怕是抬舉了馬、恩二人；他們兩個人的道行，差得遠了！馬、恩二人只是畫出一個「共產社會」的烏托邦圖像，完全沒有想清楚要如何達成烏托邦。照毛澤東的描述，馬、恩似乎以為無產階級革命只是請客吃飯，做文章，繪畫繡花，那樣雅致，那樣從容不迫，文質彬彬，那樣溫良恭儉讓。毛氏對革命的了解更為精確：「革命就是暴動……」。

另一方面，列寧、斯大林、毛澤東三個人所完成的革命政權，也都與馬克思、恩格斯所鼓吹的共產主義，沒有什麼關係。列斯毛三人都清楚看到了奪取政權的暴力本質。但是他們的奪權就只是奪權，一番血腥鬥爭之後，原先揭櫫的任何革命目標，早就忘得一乾二

淨。依據極具權威的《世界不平等報告》所載，撇開中東產油國、戰亂地區不談，今天全世界所得分配最不均的前幾名是印度、俄羅斯、巴西、中國、南撒哈拉、美國，這前六名就包括了中國與俄羅斯兩個號稱實施共產主義的國家。「共產」國家能夠產生比資本主義國家更嚴重的貧富不均，這不是掛羊頭賣狗肉，是什麼？

看清共產主義之惡，需要的時間非常長

為什麼賣狗肉的中國與俄羅斯，還要堅持掛著「共產主義」、「共產黨」的羊頭呢？那是因為，卸下了羊頭，這兩個國家的統治集團，就完全失去了騙人的幌子，會動搖統治基礎。一百多年前，「共產主義」的確是有理想性的召喚；不只是召喚工農群眾，更召喚了知識分子。當年的孫文、李大釗、魯迅等人，都是在國外喝過洋墨水的，但也都深受共產主義影響。

德國的詩人兼作曲家比爾曼（Wolf Biermann）自己也說，他的父母親都是共產黨員，他自己從小也對共產黨執著，正因為如此，才一直不願意離開東德。比爾曼這樣的執著，一直要到近六十歲才扭轉。但是，比爾曼的轉向是經驗性的，不是理論性的。撰寫《中國的古拉格群島》的廖亦武也提到，魯迅的學生胡風後來被毛澤東鬥，但至死都還只是覺得毛澤東

誤解了他，還沒有正視共產主義之惡。

就總體經濟面向看，中國的共產主義實驗，要到大躍進、土法鍊鋼之後才露餡。蘇聯則更晚，該國在一九七〇年代之前經濟成長都超越美國，發射人造衛星也領先，一直到七〇年代末，蘇聯的經濟才顯露危機。在七〇年代，美國還有不少學者到蘇聯參觀，回國之後高度讚揚蘇聯計畫經濟之好。台灣到了二十一世紀初，還有朱雲漢等人在盛讚過去三十年中國經濟的快速成長，老共也努力向國際做大外宣。種種跡象顯示，在強勢宣傳之下，要全世界都看清楚共產主義的邪惡，恐怕還需要一點時間。

所以我想換個角度，從理論面解釋，為什麼推動共產主義必然走向極權與獨裁。

財產權與政治統治的互為依存

雖然許多人對於一九七〇年之前的蘇聯與一九九〇至二〇二〇年中國的經濟快速成長有不同的解讀，但是大家對於中國、俄羅斯、冷戰時東歐諸國的壓抑人權、迫害民眾，看法卻相當一致。這裡有個根本問題：為什麼共產主義國家都在壓迫人權？為什麼比爾曼所描述的東德，與廖亦武描寫的中國，其欺壓凌虐人民竟然若合符節？所以我必須要先解釋：共產主義經濟，與政治極權是一體的兩面；如果政治不獨裁，共產經濟根本沒辦法運作。財產若是私有，要強推獨裁也極為困難。

在民主自由、財產私有的資本主義社會，有兩類因素促使社會遠離獨裁。其一：私有財產本身就涵括了附帶的處分權，因此至少你的房子、你的汽車、你的土地要如何處置，其決定權在你，不是由國家或政黨決定。這些決策範圍雖然不大，但頻率卻非常高，至少創造了許多獨裁者力所不及的區塊，有「帝力於我何有哉」的自主感。其二，私有財產也使個人對於財產相關的公共政策有強烈而堅定的意志，他們遂有參與、影響、改變政策的強烈動機。例如，土地所有者才會奮力抗爭土地徵收、股票大戶才會努力遊說股利降稅……這些「因為自己財產利益」而涉入的政策關注，自然而然強化各個領域的社會凝聚力，也容易迫使想要一意孤行的政治勢力退讓。當私有財產範圍越廣，社會各階層關注的政策也就越多元，其所產生的社會力就越大，當然形成更強的政治制衡。

即使在西方民主國家，也有許多人忽略了管理者與被管理者先驗「定格」的重要性。桑思坦（Cass Sunstein）與塞勒（Richard Thaler）兩人在二〇〇九年寫了一本書 *Nudge*，中文翻譯為《推力》。他們在書中強調，主政者不必太過干涉人民，只要輕推（nudge）一下，引導或扭轉方向，就夠了。他們說，這種輕推，

是父權自由主義（paternalistic liberalism）。但是此中謬誤甚多！與共產主義一樣，桑思坦與塞勒兩人忽略了最最關鍵的問題：誰是決策者？誰在推人？誰是被推的人？如果先驗上有些人就注定要被別人推，那麼這還能叫「自由主義」？所以，輕推或重推，沒有差別；主詞與受詞的先驗定格，那才是極權思想的關鍵。在共產社會，拿走人民財產的是「主詞」，被拿走財產的是「受詞」，主與客一旦定格，就絕無自由可言。

列寧主義的創新

「共產」制度拿走每一個人對全部社會資源的所有權，但是整個社會資源終究還是要有所歸屬。要如何貫徹這個以共產為名的極權體制呢？這就是列寧的創新了。他創建了一個以「共產黨」為核心的控制體系：工廠有黨、軍隊有黨、政府機關有黨、地方社區有黨、工會有黨、監獄有黨、學校有黨……事實上依中國的規定，所有超過三個以上黨員的群體，全都要成立黨組織。所以今天在中國，阿里巴巴、富士康、華為……所有上市上櫃公司，全部都有黨組織，都有黨委書記。列寧這一套武林祕笈傳給了中國共產黨、東歐各國共產黨，也傳給了國民黨。

五十年前，台灣各大學都有校園黨部；民間企業只要有點規模的，也有黨組織。理論上，每個黨組織承接上級黨部的指令，執行由上而下的決策。所以，整個國家的決策體系，是透過「共產黨組織」而層層串接。名義上，這個國家是個實施共產主義的國家，因為到處都是共產黨組織。但是實質上，這是一個不折不扣的極權體制；全國各個學校、企業、政府部門……都由各級黨部控制，而各級黨部則由上層的黨書記依序控制。列寧的創新設計是政治性的，其與馬克思恩格斯的共產主義還有沒有關係，完全不是重點。

但是東歐國家學列寧的黨國體制，就沒有中國學得到位。事實上，毛澤東真的是把列寧的極權控制體系，玩到青出於藍。怎麼個青出於藍呢？讓我舉幾個對照的例子做說明。

毛澤東極權控制的青出於藍

例一：在《唱垮柏林圍牆的傳奇詩人》書中，作者比爾曼是東德的歌唱家兼詩人，經常帶著他的吉他四處演唱，其歌曲歌詞都是比爾曼自做，極盡諷刺主政者的迂腐顢頇。美國知名女歌手瓊．拜亞（Joan Baez）到訪，也能順利與比爾曼會面。

但是比爾曼的故事在同時間毛澤東統治下的中國，是不可能的。我們讀知名畫家、文學家木心所寫的〈雙重悲悼〉一文即知，中國共產黨統治下對藝術家、音樂家所製造的普遍恐懼，恐怕十倍於東德。木心說，當年任何一幅水彩畫，都是「西方資產階級」的汙染，文革期間畫家爭相把畫銷毀，以免成為被鬥爭的題材，甚至連藏在盆栽土壤內的宣紙，都會被搜出來。

因為畫是毀定了，所以「人在畫在」、「人亡畫在」皆不可能。「人亡畫亡」划不來；唯有「人在畫亡」一個選項。於是畫家們自動毀去畫作，苟延殘喘地活著。木心在此期間入獄兩次，打斷他三根手指，令他無法再作畫。對照而言，比爾曼還有一雙能撥弦按音的手。德國共產黨比之中國共產黨，和藹多了。

例二：索忍尼辛的《古拉格群島》，記述蘇聯時期的集中營，記載了不少逮捕、拘禁、作秀式審判。可是如果讀廖亦武《18個囚徒與2個香港人的越獄》以為對照，我們就會發現：相同時期中國的政治鬥爭，更普遍、更隨機、更大規模、更令人髮指。中國古拉格群島遍布之廣，遠非蘇聯能望其項背。

中國摧殘人權，殘忍淒苦

中國共產黨在一九六〇年代掀起的土改鬥爭，是全國廣泛的農民清算地主。毛澤東要徹底摧毀原有的一切農村價值，所以不能只是政治上由上而下鬥爭，必須要由廣大農民由下而上。因為由下而上鬥爭規模超級龐大，就必然涉及報復、惡意、借刀殺人等算計，不但過程狠毒，也把人民心底最邪惡醜陋的陰暗面，全都勾了出來。廖亦武所撰寫的淒苦文學，我連讀起來都感到錐心之痛，遑論身歷其境之人？你說，毛澤東與斯大林，誰更能製造淒苦？

例三：歌手比爾曼聲名大噪之後，東德不太知道怎麼處理這位異議分子。後來東德允許比爾曼赴西德演唱，然後就撤銷他的護照，讓比氏回不了東德，形同被驅逐出境。對照來看，中國如何對待異議分子呢？

你看看劉曉波吧。他也不過寫了一份內容普通的〈零八憲章〉的文字，就被捕下獄。比爾曼名聲大，但是劉曉波獲頒諾貝爾獎，名聲更響吧？中國不但不讓他出國領獎，還制裁頒獎的國家挪威，禁止該國鮭魚進口中國，長達八年；這是挪威前駐WTO大使咬牙切齒親口跟我講的。至於劉曉波，國際名聲反而讓他關更久，關到死都不准他出國就醫。二〇二〇年，中國外長王毅甚至警告瑞典：不准頒諾貝爾和平獎給中國異議人士。你說，中國共產黨與東德共產黨，誰比較病態？

毛澤東生活監控，滴水不漏

例四：比爾曼在書中描述他的生活，整體而言，日子苦一些，但是沒有什麼飢餓。他經常被祕密警察監控，但是到朋友家拜訪、唱歌，倒是沒有禁止。然而中國呢？毛澤東搞的土法鍊鋼、大躍進，造成數千萬人飢餓死亡。「飢餓」在當年的中國根本是普遍現象；當時有人開玩笑說，「全中國的胖子大概只有一百人，毛澤東是其中之一」。

至於中國的社區監控，讓我描述一個人口學文獻上記載的例子：為了有效控制人口，中國強制執行「一胎化」政策，避免已經有一個孩子的母親再懷孕。許多城市的「街道委員會」，在巷子口牆面上貼上一張大海報，記載著這個巷子裡每個婦女的「月經起訖時間紀錄」。每個女生連最隱私的月經時間都是貼在巷口，你說，中國共產黨的監控，比起東德共產黨，做得如何？

例五：比一比殺人吧？唉！這種比較非常無聊。但是如果從中能夠凸顯統治者的心態，那還是有意義的。東德與東歐諸國的共產黨，都是斯大林的小老弟，殺人與殘忍還不能與斯氏相比。依據維基百科，斯大林所搞的鬥爭、清洗政敵，頂多整死大概百餘萬人。毛澤東呢？五〇年代清算地主，失蹤自殺的不算，依據他自己的估計，大概殺了兩百萬人。大躍進時的大飢荒，餓死數千萬人。文化大革命期間「非正常死亡」人數，大概在數百萬到兩千萬人之間。最駭人聽聞的，是毛氏與赫魯雪夫的對話。毛說，他希望第三次世界大戰發生在中國，由中國引誘美軍深入，然後請蘇聯向中國投擲原子彈，一舉殲滅美國主力軍隊。中國人可能死亡四億（當時人口六億），但是很快就可以補上……你說，這樣病態的殺人政權，普天之下誰能企及？

例六：共產黨極權統治者當然都是鬥爭高手，但是堪稱戰略專家的，恐怕沒有人能與毛澤東相提並論。毛氏提出「口袋戰術」，用之於國共內戰與韓戰，讓國民政府與美軍皆傷亡慘重。毛氏的游擊戰術十六字「敵進我退、敵退我追、敵駐我擾、敵疲我打」，則更有代表性。這十六個字不但刻畫出游擊戰死纏爛打的精髓，更凸顯毛氏心中完全沒有「成本」的影像。我追、我擾、我打，都是要付出我軍代價的。正常的軍事布局，都是要在成本與戰果之間取得平衡。但是毛澤東不是；他只看戰果，不計代價。戰果是他的政治勝利，代價是別人的生命犧牲。你說，這樣的中國共產黨領導人，會治理出什麼樣的國家？

瘋子即使死去，餘孽猶存

任何一個極權體制，都是由一個「極權者」建立的；天下是他打下來的、政治控制是他搞定的。極權體制有多爛、多可惡、多扭曲人性，就要看這個創建極權的「始作俑者」有多病態、多邪惡、多喪心病狂。例如希特勒，他搞集中營、屠殺幾百萬猶太人，大概是邪惡的標竿型人物。又如毛澤東，他搞人民公社、大躍進、土法鍊鋼、文化大革命，搞死幾千萬人眉頭不皺一下，應該也是病態邪惡的典型。希特勒是病態地仇恨猶太人，但是毛澤東卻不止於仇恨一個特定族群；他把所有對他無限極權有阻礙的人，全都視為「要清除的對象」。

所以毛澤東所直接間接殺掉的人，可以十倍於希特勒。

毛氏不但堪當古今中外殺人冠軍，他對於「體制」的摧毀，大概也是前無古人、後無來者。秦始皇的焚書，只是焚掉書的文字。但是文化大革命，卻是從根本面焚掉書的正當性。文革時「不會出問題」的文章，大概只剩下毛澤東或是魯迅所寫的；其他所有的書，還是擔心會出問題。秦始皇的坑「儒」，其實只是坑掉一些醫卜人士。但是文革期間，絕大多數讀書人的下放勞改、高考停擺、升學看「手上老繭」決定，是完全坑掉「知識」。為了權力鬥爭，毛澤東什麼都幹。

我們經常聽人說，一個人的聲譽要建立，需要很長的時間；但是要毀壞名譽，卻可以在一夕之間。摧毀文化的過程卻恰恰相反：你要搞文化大革命，可以在短短幾年之內毀掉文明；但是毀了之後要重建，卻是極為困難、漫長。像毛澤東這樣喪心病狂的領導人，他統治中國三十餘年所帶來的政治、文化、社會衝擊，恐怕會影響非常非常長久。文革之後，中國整體經濟文化氣氛大亂，即使鄧小平掌權，推動改革開放，也要十幾年之後經濟才漸上軌道。毛澤東雖然死了，但是當年在文革期間耳濡目染的習近平，你認為有沒有感染到毛氏病毒？

對中國共產黨，有兩重悲悼

為什麼殘暴統治的陰影會揮之不去呢？中共是不是如馬英九所說，已經「改邪歸正」了呢？讓我再說個木心的故事。在他〈雙重悲悼〉一文中，木心提到他繪畫老師林風眠，因為年輕時的水彩繪畫在文革期間全部銷毀了，所以在文革結束後，林先生試圖重拾畫作。但是木心說，文章、樂譜燒了還可以靠記憶重寫，但是畫作，就是沒有辦法重繪。如果畫可以重繪，那就不會有所謂「神來之筆」。文革之後林風眠已過高峰，他在文革受到打擊是悲悼，但是在文革後想要重繪已然無法再現的畫風，那是「雙重」悲悼。我幾次讀到這裡，心裡都難過得難以自持。

極權狂人對文明的摧殘，是難以在短期重建的。硬要去搞幾百間孔子學院或是重建大國形象，都像是重繪原畫，都有一種極為勉強的空虛。

在毛澤東殘忍暴戾數十年統治之後，中國似乎已經習慣了人命如草芥，所以才會在一九八九年六四民運時，有「殺二十萬人，保二十年穩定」這樣的狂犬病邏輯。台灣今天的處境危險，正是因為中國共產黨在「千百年難得一見」的人魔毛澤東肆虐之後，已經離人性的溫暖太遙遠。台灣的危險，不是因為鄰居有多少戰機、有幾艘航空母艦，而是因為對我們有敵意的統治者離「文明」太遙遠！他們從一九五〇到一九九〇年狠狠摧毀了文明的溫暖，那是一重悲悼。現在又試圖強用經濟力、用戰狼的帝國姿態，去勉強填補還未能復原的文明空虛，這不是第二重悲悼嗎？

三、阿拉伯之春，不會在中國複製

二〇一〇年有「阿拉伯之春」事件：不識彼此的阿拉伯民眾透過手機訊息呼朋引伴，成功串連，發動了幾十萬人的大規模群眾運動，居然就把突尼西亞獨裁政權推翻了。由於突尼西亞是獨裁統治極為嚴厲的國家，當時不少媒體大感意外，卻也大表興奮，表示網路時代動員如此便利，「網路」應該會成為獨裁者、不公不義政府的重要制衡機制。

但是我沒有這麼樂觀，其中的關鍵是：中國的網路封鎖模式與人工智慧近年的進展，十年前完全無法想像。

阿拉伯之春，不會在中國複製

二〇一六年十二月十七日的《經濟學人》雜誌，報導了一篇名為“Creating a digital totalitarian state”的文章，描述中國共產黨政府如何發明、創造一個數位極權體制。這個發明故事，需要做一番解釋。

二〇一九年的香港，靠手機串連，居然能夠召喚兩百萬人上街。可是這樣的事情不會在中國發生，「網路動員」在中國幾乎不可能。十年之前，政府能夠利用「網路」扮演的角色還不清楚。也因為如此，許多分析獨裁政治的人就沒有掌握此一面向。以下，我就來補幾堂課。

中國在二〇一〇年到二〇二〇年之間，其政治箝制完全沒有鬆懈的跡象。相反地，中國反而設計了一套「網路便利」與「極權控制」共生的新模式，並且能夠產生利潤，再把利潤分給配合極權控制的參與者，悠然自得，自成一系，絲毫沒有掙扎的跡象。這是怎麼回事呢？

對極權統治者而言，自由的網路方便民眾動員，動輒聚眾滋事，絕對是極權統治者要管制、約束的；這一點淺顯易懂，不需要多做說明。可是，要如何管制、約束呢？網民千千萬萬，他們從成千上萬個網咖、學校、企業上網，我們要如何去偵查出「可疑」的蛛絲馬跡呢？這要一層一層解決，而且解決問題的機制，必須是可以持久的（sustainable）。

如何防止民眾接觸「有毒」資訊？

網路第一個要過濾的，就是「關鍵字」。對獨裁者而言，閒雜人等四處上網沒關係，但是如果他們上網聊天扯到了「天安門」、「達賴喇嘛」、「六四」、「太子黨」、「習近平」、「藏獨」、「一邊一國」等，那就很可能有問題。為此，中國的公安部門設定了數萬個關鍵字，只要哪個伺服器出現了這個字，系統就自動阻絕通訊，並且往上級呈報。

限制的關鍵字夠完整嗎？放心，反正這是個極權國家，寧濫毋缺。更何況，老共網軍至少十九萬人，除了電腦自行篩檢，還可以人為四處搜尋，就可疑之處補強。例如，「六月四日」敏感，於是有人發明了「五月卅五日」作為暗語，結果沒有多久也被網軍發現、查禁。關於六四天安門事件，中國網路上現在勉強還能不被刪除的用語，大約是「八九年那件事」，其中八九是指一九八九年，也就是六四事件發生那一年。

關鍵字是使用者自己敲鍵盤打出來的，萬一上網者沒有輸入關鍵字，而是上谷歌搜尋，輾轉挖出一篇《紐約時報》報導中共高官如何貪汙舞弊的文章，然後廣為流傳，這還得了？當然，中國政府也得防止這種情況發生，所以要堵住一些網站入口。但是該禁止哪些「有毒」

網站呢？

依據二〇一七年美國自由之家（Freedom House）的報告，全球二十五個交通最頻繁的網站，中國禁了十二個，二〇一八年封鎖又增加一個，成為十三個禁止對象。被封鎖的網站包括《紐約時報》、《經濟學人》、臉書、谷歌等，中國人除非翻牆，否則上不了這些「思想有毒的網站」。美國貿易總署統計，中國封鎖的網站總數，超過一萬個。台灣的報紙除了《中國時報》網頁之外，其他媒體中國人民都連不上。而且，自二〇一八年開始，中國立法禁止翻牆使用的VPN（Virtual Private Network），在中國上網翻牆越來越難。

如何逼走不聽話的外國網路業者？

既要檢查關鍵字，又要阻擋那麼多熱門網站，還要求特定情況下要通知公安部門；這麼多煩人的規定，外國的網路業者如果不甩，或是陽奉陰違，怎麼辦？

十幾年前，谷歌在中國是有營運的。但是該公司如果不聽話，怎麼辦？如果《紐約時報》「有毒」，公安部門要求該報被禁，但是谷歌沒有禁止連結搜尋《紐約時報》，那麼上谷歌搜尋《紐約時報》，不就等於繞道上了《紐約時報》？「Internet」就是互相連結的意思。所以，為了有效阻絕毒素，網際網路必須要全面掌控。

谷歌當年沒有配合中國政府，於是他們變得搜尋速度「很慢」，漸漸就競爭不過中國政府支持的、比較配合的「百度」。百度搜尋速度快，不是因為它的搜尋程式寫得好，而是因為它該擋的關鍵字都會自己擋，中國共產黨放心。但是谷歌不被中共信任，中國政府必須要再做檢查。一個搜尋指令三不五時還要經過公安再檢查的折騰，谷歌怎麼快得起來？此外，谷歌在二〇〇九年也發現中國駭客入侵公司網站，還意圖竊取中國異議分子的個資。這樣的國家，谷歌還敢繼續待下去嗎？

谷歌如果要取得中國政府的信任，就得把搜尋程式上繳檢查；但搜尋程式當然是商業機密，谷歌絕對不肯。如果不上繳，那麼谷歌就會「很慢」，打不過共產黨信任的競爭對手。所以在極權體制之下，只有配合中國共產黨政策的網路業者，才能存活。

商品也可能「有毒」

有了關鍵字檢查、網站封鎖，這樣夠了嗎？恐怕還不夠。試想：如果國外的銷售網站不封鎖，萬一中國人去亞馬遜（Amazon）買了一本罵天安門事件的書呢？萬一有人去德國的 Otto 網站買了一件把維尼熊畫得很醜的 T-shirt 呢？這「動搖國本」啊！所以，國外的銷售網站也要擋。《今周刊》一〇五九期一則報導資料顯示，中國人上美、日、德、英、法、印度、印尼、馬來西亞購物網站，或則遭完全封鎖，或則速度超慢。

以德國的銷售平台 Otto 為例，從北京上網連結，每一次點擊到回應，費時二一・三八五秒。通常，完成一筆交易至少要點首頁、找產品部門、看顏色、尋尺寸、寫地址、填付款資料、設定運送方式……好歹要十次點擊才能完成交易。二一・三八五秒乘上十，人在電腦螢幕前都抓狂了，通常沒有耐性這樣窮耗，完成交易的機率非常低。所以，大概不太會有中國人會去德國的 Otto 買東西。

但是，如果從紐約上網 Otto，每次點擊只要一・五五秒。上網迅速，美國人到德國網站買東西的比例，就會比較大。《今周刊》報導中最誇張的就是法國平台 CDiscount，在北京平均點擊一次需要等六一・八七秒螢幕才出現。我猜只有腦袋尚未開發的北京猿人，才會點擊十次，花六分多鐘去法國平台買東西。

整體而言，外國人上阿里巴巴買東西，很方便；中國人在各個城市上任何外國網頁買東西，都困難重重。有人曾經做過「對稱研究」，從法國巴黎、德國柏林、美國紐約等地方連結阿里巴巴，結果速度超快。由於網路是對稱的雙向道，所以絕對沒有「中國連外國慢，外國連中國快」的道理。中國網路封鎖就是要檢查中國民眾有沒有連上別國網站購買「有毒商品」；它減少了中國人的向外購買，反而增加了內需，穩固了阿里巴巴等網路業者的市場。網路封鎖造成中國人民上外國網站網購的不便利，當然是不公平貿易，當然會引起其他國家反彈。但是為了穩定政權，老共根本不甩這些。

籠子裡的設計與保險

如前所述，中國網路操作的「牆壁」已經建好，中國人稱作 The great firewall，超大防火牆，媲美萬里長城（The Great Wall）。在牆壁裡面，則是《經濟學人》所說的「網路籠子之內」。網路圍牆這麼高，外面的花花世界這麼誘人，要讓中國十四億人不想翻牆，最好的做法，就是在圍牆內建構足夠讓十四億人玩的網路活動。搜尋、社群、電玩、教學、電子商務、拍賣……只要圍牆外面有的，裡面也都有，當然只是禁忌多一點。

因為搜尋、社群、電商等都是網路服務業，都有網絡經濟（network economy），它有報酬遞增（increasing return）的特質，一定會產生自然獨占，也一定會有經濟租（economic rent），俗稱利潤。通常，市場越大，經濟租也越大。中國國內市場當然夠大，所以可以用來分配的利潤也很大。這些經濟租，可以作為「配合政府網路管制政策」者的獎勵。

怎麼做呢？辦法很多：例如，將搜尋引擎行業列為特許，定期換照。順我者昌（准予延照），逆我者亡（不准延照）。像是百度，平常花了這麼多資源布建資料庫，哪一天若是被停照，那就虧死了。想當然耳，百度為了龐大利潤，要努力配合「黨的路線」。阿里巴巴又何嘗不然？這些中國境內的獨占網路企業，靠著國家的力量攆走了國外的競爭者，享受年復一年的經濟利潤，絕對是會服從黨的領導的。

當然，凡事不能只有一道保險。假設谷歌今天仍然在中國有營業，一切也都配合共產黨……但是萬一哪天谷歌董事會改組，老闆換了，不配合老共了，那不是天翻地覆？為了雙重保險，網路事業的所有掌權者，一定要是中國共產黨的忠貞黨員。不止如此，所有中國的重要企業（不只是網路企業）裡，全都設有「黨委書記」，監督企業經營、傳達黨的指令。

中國網路這樣搞，阿拉伯之春怎麼可能？中國共產黨控制之下要產生內部反抗勢力的串連，我認為絕不可能。

獨裁政權，手上握有人民超級大數據

十年前阿拉伯之春發生時，人工智慧還沒有什麼進展。二〇一六年，AlphaGo 第一次擊敗圍棋十段高手，人們才逐漸體認人工智慧的威力。人工智慧通常需要由電腦閱讀超大量的資料，由電腦自己摸索出某些規則。這些規則也許沒有太多人類認定的意義，但是就大數法則而言，它就是「有用」。例如，我們輸入電腦幾億張棋譜，電腦就自己歸納出下棋的方法，結果也能下贏圍棋十段高手。

人工智慧有幾個特色，都對極權政府超級有利。第一，它需要輸入大數據，多多益善。民間公司通常很難取得大數據，但是政府的戶政、金融、海關、健保、稅籍、財產、親屬等資料，卻是天然的超大資料庫。也許有人會說，谷歌與臉書等私人公司也都有極大資料雲。但是民主國家的民間公司終究要被立法規範、制衡，數據資料不太可能亂合併、亂使用。然而極權國家如中國，怎麼可能受到任何規範？

我們可以想像，由於中國所有與資通訊有關的公司都受共產黨控制，所以中國的資料雲，幾乎包括「所有」訊息，是百度＋騰訊＋阿里巴巴＋ Ali Pay ＋戶籍＋微博＋所有道路監視器＋金融＋祖宗八代＋……人工智慧幫助極權國家用這麼多的資料監視人民，但是民間卻沒有任何對應措施給予反制。

獨裁政權，善於用ＡＩ監控

第二，人工智慧使用大數據分析，往往需要超大電腦或超複雜平行演算的能量。這樣的電腦能量，通常只有政府擁有。民間大財團當然也可以購買超級電腦，但是買了幹嘛？既沒有巨量資料輸入，也沒有可以獲利的運算目的。

但是獨裁政權用超級電腦處理巨量資料，可以更有效率地監控，找出戴著面具的示威人士、找出香港遊行期間購買黑色面罩的可能買主、找出維吾爾族集中營上課時眼神詭異的分子、找出過去半年曾經在街上遊蕩的行為乖張之人。總之，極權國家有動機有能力去購買超級電腦，執行複雜的ＡＩ分析。

第三，人工智慧不斷在進步，這些進展需要優秀資訊工程人員的投入。那麼極權國家有沒有這些人才呢？我認為是有的。在二十世紀初到冷戰時期，蘇聯與中國的數學家都還是人才輩出，柯爾莫哥洛夫（Andrey Kolmogorov）、華羅庚等，都是著例。人工智慧有點應用數學的味道，這一方面的研究並不需要複雜的周邊設備，也不需要「不受環境拘束」的狂野。過去十年，如果統計全球重要ＡＩ會議的參與者國籍，我們發現極權國家如中國確實名列前茅。

所以，如果沒有大數據、沒有ＡＩ，中國沒有辦法實施「社會計點」，用以控制「是否准許某甲買高鐵車票」。有了大數據與ＡＩ，極權國家的控制絕對是更嚴了。大數據與ＡＩ對於民主國家的政治沒有什麼影響，因為民主政權本來就受到有效的制衡。

將來，中國的大數據會非常「恐怖」

如果我們每一筆向阿里巴巴購買的商品、每一次搭乘中國擁有（或連結轉機）的航空公司班機、開 Volvo 汽車所經過的每一個地點（中國人為 Volvo 公司最大股東，車上的 GPS 應該會用北斗衛星導航）、每一筆 Ali Pay 付費，都把我們的資料建入中國政府的雲。這恐怖不恐怖？在中國，一切都姓「黨」，我們將來也都要看黨的臉色，這恐怖不恐怖？

這，才是「獨裁者的進化」！基於以上分析，我認為中國共產黨的反對力量極難由內部產生，必須要靠外部力量予以改變。如果沒有外力，在大數據與人工智慧雙重影響之下，中國將會「越來越恐怖」。

四、民主與極權體制的必然經濟矛盾

我們在前章提及，對台灣民主最大的威脅，是台灣海峽對岸的中國。他們口口聲聲要「一國兩制」、要「武統」台灣。但是我們只要看看香港即知：不論「一國兩制」的口頭保證多麼斬釘截鐵，只要中國一染指，台灣的民主就完蛋了。台灣面對中國這樣大經濟體的威脅，我們是不是很孤單呢？全世界其他國家，是不是遲早也要面臨極權中國某種形式的霸凌威脅呢？我想是的；中國極權體制所威脅的絕不只是台灣的民主，而是全世界的民主國家。以下，我就把極權中國與其他民主國家的「終極矛盾」，一一呈現出來。

極權體制下的經濟怪胎

自柯林頓總統將中國帶進WTO迄今，美國政界始終有個「幻想」：中國經濟起飛之後，政治也將逐漸民主化。這個幻想最近終於破滅了，因為過去十幾年的證據顯示，中國不但國內政治沒有走向民主，而且還積極輸出其霸權思想，甚至以其龐大的經濟實力，壓迫許多西方民主國家接受其威權思維。美國之所以最近越來越反中，一部分原因固然是兩霸相爭的所謂修息底德陷阱，但另一方面則是感受到自己的民主體制受到中國的威脅。「爭霸」或許沒有什麼絕對的是非，然而民主與極權之辨，卻是現代人本思想最根本、最核心的價值，我們必須要嚴肅看待、要嚴予論辯，更要嚴陣以待。

許多社會科學研究者皆指出，我們應該把「政治」與「經濟」視為兩個互相影響的體系。前述「中國經濟好轉之後，將走向民主」的推論，似乎把「政治」體系想像為柔軟可塑的，而經濟生活才是硬道理，所以預測政治體制將隨經濟活力而改變。這種幻想不但完全不了解中國共產黨，也低估了實際政治鬥爭運作的複雜度。一九八九年柏林圍牆倒塌後的蘇聯解體，背後或許有經濟因素，但也有諸多歷史機緣巧合。例如，假若當年的蘇聯領導人不是戈巴契夫，而是普丁、鄧小平、金正恩、習近平之輩，那麼歷史很可能會重寫，蘇聯未必會解體。

我們仔細看中國共產黨的政治運作，恐怕大多數人會同意：中國的政治極權體制是「僵硬」的，絕非柔軟可塑；中國反而是經濟體制柔軟而有彈性，弄出一個他們稱為「有社會主義特色的市場經濟」。接下來要問的問題是：政治僵硬、經濟柔軟的中國體制，是一個與西方民主社會相容的體制嗎？在全球化之下，中國與各個民主國家都有許多經濟互動，那麼這些民主國家與極權國家之間的經濟互動，都不會產生扞格嗎？民主國家的經濟體制與極權中國的經濟體制，有沒有什麼根本的矛盾呢？我認為，這些經濟運作面的可能矛盾，是傳統做國際關係研究的學者所忽略的、沒有掌握的，需要好好檢視。讓我從幾個不同的面向予以解說。

極權必須控制網路，卻必然導致不公平市場准入

例一：中國是全球網路管制最嚴的國家，依美國貿易總署（USTR）的統計，中國大約封鎖了一萬多個商業網站，所有十四億人都無法連結上這些網站。中國網路封鎖當然是極權統治的手段，阻斷人民訊息、避免人民串連、方便北京以單一資訊洗腦等。但是這個極權政治手段，卻無可避免地產生中國與民主國家之間商業競爭的矛盾。

如眾所周知，美國三．五億人都可以自由上網，所以都能連結上阿里巴巴或是淘寶網

站購物；但是中國由於網路封鎖，十四億人都上不了美國的亞馬遜平台購物。這是非常明顯的「市場准入」（market access）不公平，當然是不公平商業競爭。這個經濟不公平競爭的源頭，就是中國極權體制必然要執行的資訊封鎖。

不只美國，全世界所有民主國家，例如法國、德國、加拿大、日本、韓國、英國、台灣等，中國十四億人或則無法連上該國電子商務網站，或則連結速度超級慢。但是，德、法、加、日、韓、英、台要連上中國的阿里巴巴，卻完全沒有阻攔，連結速度非常快。所以，極權中國的網路封鎖，造成中國與所有民主國家電子商務競爭市場准入的根本矛盾。在可見的未來，電子商務的營運量將會越來越大，因此前述電子商務方面的矛盾也會越來越尖銳。

針對這些，包括美國在內的許多民主國家都曾經在WTO對中國提出質疑。但是中國堅拒改變，不只因為他們想繼續不公平的商業利益，也是因為開放網路會危及共產政權的執政利益。這是極權國家體制與民主開放市場在經濟競爭上的第一類矛盾。

黨國體制下政府補貼的不公平競爭

例二：美國、歐盟、日本在二〇一八與二〇二〇發表過兩次「三邊宣言」，針對中國政府對企業的補貼提出指控。《日經新聞》報導曾經指出，有百分之九十的中國企業曾經獲得國家補助，而國家總補助金額每年約為全國股利總額的百分之五，相當龐大。

在民主國家，大家唯一能接受的政府補貼是農業。各國農業或基於糧食安全、或基於地貌維護等理由，而容許若干政府補貼，但是農業補貼只能對內照顧選民利益，不能靠補貼鼓勵出口。對於製造業，補貼若違反WTO的《補貼及平衡稅措施》（Subsidy and Countervailing Measures, SCM），是會受到制裁的。對於科技產業，民主國家可以容許補助「沒有特定廠商獲益」的上游科學技術研發，或是容許對中小企業研發創新支出給予小額補助，但是不可以直接把經費灌進個別大型公司。如果民主國家的公務員這樣做，那就是「圖利他人」，會受刑事追訴。為什麼補助中小企業的規範比較鬆呢？那是因為中小企業幾乎沒有國際觸角，補助中小企業只是「國內政治」，不可能造成國際競爭的不公平，也就沒有違反SCM的疑慮。

但是對極權中國而言，他們是「以黨領政」；只要共產黨說可以，沒有任何政府補貼不可以。他們在二〇一五年大剌剌推出的「中國製造2025」計畫，就明列了十個高科技產業，而且都有帶頭的廠商（例如發展資通訊5G的華為），也明列應予配合、補助的地方政府與發展特區；這些都是國家支持特定大公司，與民主國家截然不同。由於中國科技企業背後有強大的黨國補助，當然就形成其與西方民主國家「依法行政、禁止圖利私人企業、只能補貼沒有特定受益對象」的科研等補助規範相扞格。這樣的競爭，形同「中國舉國支持的公司」

（如華為）與民主國家單一公司（如Qualcomm）相競爭；這當然是非常不公平的競爭。可是追根究柢，這裡的經濟競爭矛盾，其實是源自中國「黨做什麼都可以」的黨國體制。只要中國維持一黨專政、全無制衡，他們就沒有真正的「民間企業」，所有全球體制下的經濟競爭，就不可能是公平的，也必然會產生矛盾與衝突。

黨國體制下問責對象的扭曲

例三：二〇二〇年八月六日，美國總統川普下令其證券主管機關，要對在紐約及那斯達克上市櫃的公司加強透明度查核，以保護美國投資人。新聞報導指出，川普雖然沒有點名，但是所指涉對象就是中國公司。中國公司究竟與民主國家的證券法規有什麼牴觸呢？

其實所有民主國家關於上市櫃公司的規範都大同小異：由於上市櫃公司是向社會大眾募資，因此這些公司有義務要把公司財務狀況向社會大眾透明揭露。不但要揭露，而且公司帳務處理必須要遵守國際會計準則、財務報表要經過公證會計師查核簽證，才算完成透明揭露。美國執行這個查核的機構叫作「公開發行公司會計監督委員會」（Public Company Accounting Oversight Board, PCAOB）。該機構表示，在美上市櫃公司有二百五十一家不符其要求，其中一百七十五家設籍在中國，七十六家設在香港；簡單說，全是中國公司。中國在美國募資的上市櫃公司不透明，美國投資人的投資資訊就受到扭曲，PCAOB當然火大。

為什麼中國公司到民主國家募資會產生體制矛盾呢？因為所有中國的一切機構，包括公司、學校、媒體，全都姓「黨」。依規定，所有超過三個黨員的地方，全都要設黨組織；所有中國的上市櫃公司，其董事會都要設黨委書記。由於中國以黨領導一切，所以黨給公司的指令必須要遵守。但是黨怎麼決定、依據什麼做決定又不可能透明（難道要去問習近平？）。此外，中國的證券法也規定，任何中國公司未經證券主管機關與國務院同意，不得將公司資訊提供給外國人。

這就產生極權中國與民主社會的體制矛盾。這裡的關鍵問題是：究竟誰有權力對中國在海外的上市櫃公司問責？這是一個問責（accountability）體系的原則問題。依民主國家的證券法規與公司治理，上市櫃公司是對社會大眾開放，當然要向廣大投資人負責，而廣大投資人也可以向公司問責。但是在極權中國，所有公司都只向共產黨負責，而只有中國共產黨可以問責公司。這種企業經營問責對象的矛盾，背後其實也是黨國極權體制與民主體制的根本矛盾。

商業資訊隱私與人權的根本矛盾

例四：二〇二〇年八月十日，美國國務卿龐畢歐（Mike Pompeo）宣布，美國政府將禁止中國公司抖音（TikTok）、微信（WeChat）、騰訊（Tencent）在美國的營運，期限為四十五天。四十五天內抖音可以把公司賣給其他美國公司，如果做不到，那就得停業。抖音如此，微信與騰訊亦然。龐氏下禁令的理由是：這些公司在美國吸引客群，獲取美國人民資訊，將來將損害美國國家安全。

我們都知道，登入許多的軟體或是 App 或是社群網路，都需要輸入個人資料，包括姓名、通訊地址、聯絡電話、付款信用卡等。隨著個人使用日增，這些軟體或 App 公司就會知道越來越多我們的個資，存於雲端。以搜尋軟體谷歌為例，我喜愛搜尋什麼主題、後續上過什麼網站瀏覽等，谷歌全都知道。谷歌如果要用這些長期資訊側寫（profiling）出某個人的特質，精準度一定非常高。在二十一世紀，大數據資料將會是最有價值的資產。就如在〈我們都看不起『華爾街零和經濟學』〉那一章所述，在人工智慧的操作下，電腦將會整理出許多意想不到的規則，非常有用。要怎麼使用這些資料，就要看使用者是什麼人了。

像臉書、谷歌都有超級大的資料雲，為什麼美國政府不管呢？這裡有兩個差別。第一，美國是民主國家，臉書與谷歌等民間公司終究要受到美國政府的監督，所以他們的老闆經常要到國會接受盤問。「個人隱私」在美國是自 Griswold v. Connecticut 一案判決所確立的「暈影」（Penumbra）憲法保護權利，不得侵犯。所以，所有美國民間公司取得個資使用，都需要符合「告知且同意」（notice and consent）程序，方得於一定用途範圍內使用之。第二，美國公司谷歌與臉書絕對不可能把他們公司的兩朵雲合併，創造一朵更大的雲，形成更有利基的資料庫。這樣做，公司絕對會被告到破產。

國家安全威脅，都怕知之甚晚

然而以上兩點民主國家的隱私保障，在極權中國的公司都不成立。如前所述，中國公司都姓「黨」，而且中國完全沒有隱私、人權可言，因此只要共產黨認為有需要，中國資料可以愛怎麼併就怎麼併、愛怎麼用就怎麼用。例如，中國可以把電子商務、電子支付、社群媒體、搜尋引擎、戶政親屬、街頭監視、電玩紀錄等資料全部合併，形成超級資料庫。這在民主國家，是絕對不可能的。

怎麼使用呢？依據中國官方自己承認的說法，他們已經依據各種大數據建立了一套「社會計點」辦法。將來，他們可以用個人以往記點紀錄，決定某人可否買高鐵票、子女可否進某間學校、申請工作應否核准等。維吾爾族集中營上課某人眼神是否閃爍，也可以用來決定此人要不要延訓。

當然，美國人民不需要到中國申請工作或為子女申請學校。但是，我們只要用一點科幻電影的想像，眼前就能出現一些恐怖影像。例如某白宮官員存款只剩兩百元、上星期在酒吧待到夜裡兩點才結帳、最近都上網搜尋中／美科技戰的資料，這些點滴合起來，大概就呈現「此人是否可以滲透，用什麼方法滲透」的資訊。此外，掌握眾多聯絡資訊，也可以有效散布假消息，在關鍵時刻（例如大選投票前）發揮作用。這些當然都還沒發生，但是國家安全事務往往是「一旦發生就來不及」的。正因為如此，美國才會大動作禁止抖音。

總之，以上呈現的，是民主國家與極權體制不尊重隱私、侵犯人權的矛盾。由於私人企業雲越來越普及，如果極權國家明目張膽地「社會計點」，完全沒有歐盟《一般資料保護規範》（General Data Protection Regulation, GDPR）的類似規範，那麼必然會產生經濟營運上「侵犯隱私與國安」的疑慮。這些收集資料的公司如果是中國公司，美國的司法機關永遠沒辦法傳訊，也難以處罰。歐盟規定，歐盟居民的資訊只可以傳輸給資訊保護完好的國家。但是在操作上，我們永遠不知道資料「傳輸了沒有」。美國禁止抖音營運的做法算是釜底抽薪：因為實在防不勝防，所以根本不准極權國家做資料收集。

公平交易法的競爭矛盾

例五：美國與許多民主國家都制定了「公平交易法」。在德國，它叫作《限制競爭防止法》（Gesetz Gegen）；在日本，叫《獨占禁止法》；在美國，是一八九〇年通過的《休曼法案》（Sherman Act）。公平交易法對於企業的水平或垂直合併，都有規範。大企業合併之前，必須要先得到公平交易委員會的核准。已經成形的大企業，公平交易委員會也可以提起訴訟，請法院予以強制打散。最著名的例子就是美國的AT&T，原來是一家大貝爾公司，後來被司法部強制打散。

各國為什麼會推公平交易法？依據《巨頭的詛咒》一書對美國制度歷史的研究，其背景是與「民主」息息相關的。民主國家主張權力制衡；早年的制衡著重在政治權力，形成行政、立法、司法的三權分立。在十九世紀末與二十世紀初，美國洛克斐勒（John D. Rockefeller）與摩根（J. P. Morgan）等大財閥的過度膨脹，形成超大的經濟帝國。由於經

濟權力常會影響政府政策，經濟體太過龐大恐將衝擊民主根基，因此，美國一百多年前遂將制衡的對象由政治權力延伸到經濟面，進而有公平交易法之制定。

但是中國是極權國家，從來就不主張權力制衡，也不可能因為民主的理由打散一家企業。民主國家現存的企業都是在公平交易法規範下已然受到制約的，很可能並不是最有效率的形態。但是中國的企業沒有民主的考量，他們的水平或垂直規模，完全只需要考量效率。如果美國經過公平交易法解體的電話通訊公司，要與完全從效率考量的中國大型整合公司競爭，這怎麼會是公平的競爭？

極權體制的經濟霸凌，需要“me too”呼應

以上，我們整理了五個極權中國與民主國家的經濟矛盾。有些矛盾已然發生，若干國家也已經發聲抗議，但是有些矛盾（例如公平交易法）卻還沒有完整呈現，有些還待更多有識之士去整理。但是無論如何，既然這些矛盾是基於民主與極權的根本衝突，則矛盾終究會浮現，不可能永遠沉寂。

台灣或許是在國際場域經常受到中國霸凌的國家，也累積了數十年「與匪鬥爭」的經驗。如果我們把中國在經濟面的不公平競爭予以整理，那麼許多民主國家都會心有戚戚焉，

也許能夠發展成一個「被中國極權經濟霸凌」的"me too"運動。那樣，中國才會知道它在全世界民主國家眼中，有多討人厭。

五、誰在為中國共產黨搽脂抹粉？

二〇二〇年初，史丹福大學社會學系的周雪光教授接受媒體BBC訪問，提到了當時COVID-19所反映的中國「剛性組織」的問題。他指出：中國剛性的組織削弱了地方的權力，以至於地方形成被動，許多訊息不願、不敢上報中央。當一個決策需要由下而上資訊回饋的時候，這種疏於回饋的體制就容易產生決策扭曲。以COVID-19肺炎為例：在疫情發生的初期，地方沒有回報中央，等到疫情擴大遮掩不了才開始防疫，遂使得病毒大幅擴散，演變成今天的全球大流行。

社會學科研究要看大面向，而非小餖飣

周雪光的分析不能說錯，但是視野狹窄，只見餖飣，缺少看問題的洞見。他也像許多做「田野研究」的社會科學研究者，容易迷失在「田野」的科學狹隘視角，專注於因果連結、邏輯推理，推論出一個「正確但是極為片面」的答案。這種「片面」之誤對於分析共產極權之弊極為重要，非得講清楚才行。以下我分點陳述之。

首先，就傳染病防治而言，它防治最重要的手段，就是隔離。隔離甚至比治療更重要，因為只有隔離才能防止擴散，而一旦病毒擴散，全世界沒有國家能夠同時照顧治療數以萬計的病患。四百年前全球人口死亡率開始大幅下降，就是因為人類逐漸了解隔離與消毒等公共衛生的重要。

上段說明有兩個關鍵環節：一、啟動防疫必須要及早；越晚啟動則病人散布越廣，傳染病防治越困難，社會成本越高。二、一旦啟動防疫，就必須要有效隔離、檢測、分配醫療資源……周雪光所描述的中國剛性體制缺點是：因地方不敢、不便上傳訊息，使得防疫啟動太晚，造成重大損失。台灣媒體在這方面的討論非常多，也都是對的。

中國極權體制，防疫弱隔離強

但是若純粹看效率面，一個極權體制雖然有上述「訊息上傳受限」的缺點，卻也有它超級有效率的地方。不管我們喜不喜歡，極權體制對於「隔離」一事，卻是比其他民主國家厲害許多。所以，中國啟動防疫太晚，絕對是混蛋級的沒效率，但是一旦啟動防疫隔離，民主國家如義大利、法國、美國，恐怕都很難做到像中國那樣徹底。

像法國那麼浪漫、熱情的國家，連防疫影片也拍得超級可愛，幾乎沒有什麼效果。任何民主國家也不可能「集中調動全國數千醫師赴武漢支援」、「每個村里有像紅衛兵一樣的義工在街道巡邏，禁人上街、盤詢路人」。這些，都是只有「剛性體制」才能做到。周雪光教授只分析了「發掘疫情錯失先機」，卻沒有分析中國「隔離控制」的手段。前者，中國絕對非常爛；但是後者，連《紐約時報》都不得不承認，中國的封鎖隔離，執行得極為徹底。所以純粹從周雪光著重的「組織效率」面來看，中國未必失分。

極權體制能徹底執行封鎖隔離，我們驚訝嗎？一點也不會。所謂「隔離」，就是限制人的居住遷徙自由。在民主體制，國家限制人民自由有一大堆綁手綁腳的規範；要遵循正當程序、守緊比例原則、要有法律明文授權、時機有諸多限制等一大堆框架。但是在極權國家，哪有這麼囉嗦？中國連幾百萬維吾爾族都能在完全健康的情況下予以「隔離」，要中國共產黨在疫病情況下限制人民移動，簡直就是小菜一碟。至於菲律賓，媒體報導違反隔離的可以就地射殺，讓此人「永久與社會隔離」。他們的效率怎麼可能差？

看效率，就是畫錯重點

綜合而言，如果只從「防疫效率」的角度檢視中國的極權體制，是沒有意義的。純粹就效率面而言，極權絕對有利有弊。也許訊息管制不利問題揭露，但是人家鐵腕隔離，卻是民主體制難以做到的。兩個角度加權相消，我們恐怕難獲結論。

周雪光對極權體制分析真正的缺點，是其視野缺失。一個組織架構除了「效率」面，還有本質面、目的面等更基本的問題要關照。就像諾貝爾經濟學獎得主沈恩所說，「要不要為經濟政策效率而犧牲自由」是個錯誤的問題，因為「經濟政策的目的就是幫助人民實踐自由」；實踐自由是目的，發展經濟其實是手段。如果我們問民主國家的領導人：為什麼要防疫隔離？他們的答案一定是：維護國民健康、提升人民福祉。民主國家的政府與官員，都是為了人民而存在；他們的權力來自於人民、政策要受人民檢視、施政要得到人民的認可。

可是中國共產黨不是這個邏輯。在那個周雪光所謂的「剛性體制」裡，人民不可以質疑政府的政策，否則會被抓去檢討、寫悔過書，如李文亮。周雪光說這是「資訊無法往上傳遞」，這就好像說「左腳是右腳左邊那隻腳」一樣，只描述現象，不觸碰根本。中國人民發送訊息受限，是因為有一個黨的集體意志，凌駕於個人之上。這哪裡是什麼「訊息傳遞」問題？這是極權體制的根本問題！

學者評論，不可以誤導方向

在那個周雪光所謂的「剛性體制」裡，人民不可以說習近平領導得不好，叫他下台。有人這麼說了，要坐牢十五年，例如許志永。如果說話的人在中國之外，會被取消退休金，例如蔡霞。所以，政府大官是不容許人民評論的、皺眉頭的，黨的領導不是要服務人民的，而是在人民之上的。這種高壓政策，又哪裡是什麼「訊息傳遞」的枝節現象所能涵蓋？

民主國家隔離防疫，是為了提升人民福祉。但是中國的防疫，是為了「維穩」。所謂「維穩」，又是一個與人民福祉無關的假目標，其實是維持統治者權力、利益的穩定。新疆維吾爾族沒病毒、沒疫情、沒暴動、沒天災，有什麼必要隔離？維吾爾族人民的利益，哪裡是中國共產黨的考量。維族、藏族的反對聲音完全出不來，難道這又是周雪光教授所說的「訊息傳遞」問題？這是極權體制的根本問題！

武漢等地封城，隔離雷厲風行，外界完全不知道裡面死了多少人、病了多少人、所有訊息全由「黨」統一口徑。民主國家的防疫源自人民的授權，其過程與結果，都要向人民報告，得到人民的認可。像武漢這樣搞法，封城還加上封鎖消息，就像是六四天安門一樣，人民完全無法以「比例原則」檢視政府政策，完全由政府「單向」決定訊息釋出。難道這也是周雪光教授描述的「訊息傳遞」問題？這是極權體制的根本問題！

學者要研究組織形態、組織運作，很好。但是，千萬別把中國共產黨的極權統治，用「剛性體制」這麼無害無辜的字去形容。要分析傳染病防治之效率，很好。但是千萬別把中國共產黨的極權統治，簡化為一個「訊息傳遞」的效率問題。最糟糕的研究，不是推論錯誤、邏輯謬誤，而是誤導讀者！我認為周雪光的受訪言論，恐怕會誤導不少讀者。

台灣學界也有搽脂抹粉之輩

除了前述周雪光，中央研究院的朱雲漢先生，也常發表極端歌頌中國共產黨的言論，也非常嚴重地誤導讀者。朱雲漢二〇一二年在台灣大學的一場演講中，高度贊揚中國的經濟成長，認為其經濟模式在美國式資本主義和西歐式民主社會主義（福利國家）之外，開創出了第三條道路。「它會逼著第三世界所有國家的政治菁英重新去思考，怎麼樣去平衡正當程式、維持國家治理能力、取得最好發展結果」。關於中國在一九七九年改革開放後的經濟成長速度是否能持續，我在其他章已有評論，以下我著重在一九四九至一九七九年之間中國的三十年發展歷程。

朱雲漢認為，中國經濟的崛起得益於中國的政治體制。「中國共產黨這個體制摸索奮鬥三十年，這三十年並沒有白費。很多人以為中國一九四九年到改革開放，三十年都浪費掉了，是完全黑暗時期。這個認知本身就是錯誤的……反而可以說，中國這個時期以高昂的社會代價——很多人因此而犧牲——去建構了改革開放的基礎，這個基礎讓其他國家沒有辦法去模仿……另外，中國完成了一場相當徹底的社會主義革命，因為它把私有財產權，尤其是最重要的土地資本集體化，不是國有就是集體所有。而這個龐大的集體資產，大部分是國有資產，是中國後來三十年快速發展的資本。」

我們前文已經提到，中國共產黨在一九四九到一九七九這三十年間所推動的土改、鬥爭、人民公社、三面紅旗、大躍進、土法鍊鋼、文化大革命，加總起來人民死亡至少六千萬人。以大躍進為例，毛澤東要求農民「密插秧」，聲言「膽量有多大，產量就有多大」，逼著各地只好謊報生產數字。中央以謊報數字抽糧稅，於是人民剩下來的糧食不足，卻又在高壓體制下不敢言語，乃造成至少四千萬人活活餓死。這種天怒人怨的暴政，就是朱雲漢口中的「體制摸索奮鬥」？韓戰大將軍、毛澤東老友彭德懷看不下去大飢荒的慘狀，向毛直言，就被鬥垮下獄。這樣的暴政在毛澤東主政三十年罄竹難書，分明是活生生的昏庸暴戾與權力鬥爭，在朱雲漢眼中也是「體制摸索」？

在雞皮疙瘩將起未起之際

通常，所謂「犧牲」，是指人為了某個目標而「主動」放棄生命財產。但是在一九四九到一九七九年之間的中國，許多人是在暴政之下被鬥爭而死、因飢餓而死、是在文革遊街中被凌辱而死，幾乎每個死者背後都有加害者，這是哪一門子的「犧牲」？難道幾千萬人命都只是工具？都只是「為鄧小平一九七九年的改革開放做基礎」？三十年人民顛沛困苦，都只是為國家發展累積資本？那人民算是什麼？大躍進這樣悽慘的飢荒經驗、文革這樣喪心病狂的社會衝擊，又哪有國家想要「模仿」？

整體而言，朱雲漢的論述與周雪光一樣，都是想為中國共產黨搽脂抹粉。周雪光只是避重就輕，用「僵硬體制」一筆帶過獨裁政權的高壓統治。但是朱雲漢把中共從大躍進到文革的一整掛暴政都描述為「體制摸索」，又把數千萬人慘死扭曲為「犧牲」，這樣的論述，與啟蒙運動以來數百年的人本精神，幾乎是南轅北轍。

在同一篇演講中，朱雲漢把中國在一黨專政下的經濟成長，冠上一個看起來有學理依據的名稱。他說，中國的體制是「民享」而非「民治」；它的政權基礎叫「民心」而非「選票」。民主國家的政治學者有這樣的言論，令人驚駭。既然民不能治，那麼是誰治？是毛澤東？是習近平？是中央政治局常委？憑什麼「治」這個動詞的主詞是老毛，而受詞是那苦難不堪的人民？苦難人民能不能選擇不要這樣的狂犬病治理？

而如果沒有選票驗證，又憑什麼確定「民心」為何？如果中國共產黨真的有民心自主判斷的支持，又為什麼要封鎖全球過半的網站資訊？為什麼要血洗西藏？為什麼要把維吾爾族關在集中營？朱雲漢說，中國政治體制的正當性「是有論述基礎的」。但是他的論述蒼白且謬誤百出，幾乎是明白悖離人本精神。搽脂抹粉到這個地步，豈止是令人遺憾。

對中國共產黨，民主自由才是最可怕的傳染病

二〇二〇年六月，中國強行通過了香港的「國安法」，正式結束了號稱五十年不變的一國兩制。香港這個一國兩制下的組織，沒有任何訊息傳遞問題；他們的幾百萬人民上街遊行，訊息非常明確清楚：他們討厭中國共產黨。但中國共產黨不予理會。對中南海而言，民主自由是疾病，而且是法定傳染病。他們處理的邏輯都是一樣的：封鎖、鎮壓、隔離。可惜，香港人民很難擺脫一國一制的束縛。

在一九七九年中國改革開放之後，有不少中國人及其子女有機會到自由民主國家留學、

教書、移民。要改變中國共產黨，必須要所有有良知的人同心協力，揭穿它極權獨裁的真面目。尤其是，那些在民主國家享受自由空氣的人，切忌還幫極權體制搽脂抹粉，想要遮掩什麼。中國共產黨在西藏、新疆、香港的所作所為在在顯示，它是一個違逆人本價值的政黨。

參考書目

1. 《共產世界大歷史》，呂正理，遠流出版公司，二〇二〇。
2. 《國富論》，亞當・斯密，先覺出版社，二〇〇〇。
3. 《資本論》，馬克思，聯經出版事業，二〇一七。
4. 《唱垮柏林圍牆的傳奇詩人》，沃爾夫・比爾曼，允晨文化出版公司，二〇一九。
5. 《18個囚徒與2個香港人的越獄》，廖亦武，允晨文化出版公司，二〇二〇。
6. 《世界不平等報告書》，阿瓦列多、江瑟、皮凱提、賽斯、祖克曼，衛城出版社，二〇一八。
7. 《推力》，理查・塞勒，凱斯・桑思坦，時報文化出版公司，二〇一四。
8. 《古拉格群島》（全三冊），索忍尼辛，群眾出版社，二〇一五。
9. 《周雪光專訪：新冠疫情暴露「剛性」體制弊端》，羅四鴒，ＢＢＣ中文網，二〇二〇年三月三日，取自：https://www.bbc.com/zhongwen/trad/chinese-news-51703169。

10. 《獨裁者的進化：收編、分化、假民主》（新版），威廉．道布森，左岸文化事業有限公司，二〇二〇。

11. 《巨頭的詛咒》，吳修銘，天下雜誌，二〇二〇。

12. 《鯨吞億萬》，湯姆．萊特，布萊利．霍普，早安財經文化有限公司，二〇一九。

13. "Creating a Digital Totalitarian State." *The Economist*, 17 Dec. 2016, 20-22.

14. "A Giant Cage." *The Economist*, 6 Apr. 2013, 1-14.

IV

民主的未來

一、對岸中國，往何處去？

「中國往何處去」是我已故好友楊小凱（原名楊曦光）一九六八年一篇大字報的標題。當時是文革將啟未啟之際，毛澤東設下了一個「引蛇出洞」的大陷阱，誘出了一批敢說真話的年輕人。楊曦光那年十九歲，因為那篇大字報入獄十年。一九八七年出獄之後，所有學校都不敢收他，曦光只好「啟用乳名」，改名「小凱」，才能念大學。後來因緣際會，在中央研究院鄒至莊院士訪問武漢大學時結識，遂能赴普林斯頓（Princeton）大學攻讀經濟學博士。拿到博士後，小凱至澳洲莫納許（Monash）大學教書，直至二〇〇四年去世。

楊小凱是中國「異議分子第一代」

要說異議分子，楊小凱「成名」甚早。一九六八年僅十九歲就闖入大牢，是第一輩的長老級人物。我有一次問小凱：牢裡獄卒打不打人？他語氣極為平淡地說「當然打囉」。我又問：你的英文在哪裡學的？他說，牢裡他只有兩本書看，一本是英文字典，苦K十年的自修，就是他唯一的英文教育。我問他另一本可以看的是什麼書呢？他說是亞當·斯密的《國富論》，獄吏以為是「幫國家富強」之類的書，所以准他讀。

十年間，小凱把這本《國富論》中他覺得值得研究的議題一個一個寫下來，出獄後到武漢大學、普林斯頓大學，逐步搜尋文獻，發現他註記的十幾個問題都已經有人研究了，唯一無人問津的是「分工」。於是「分工」研究就是小凱在普林斯頓的博士論文。

小凱的「分工」研究是極具創意的。小凱普林斯頓博士畢業找工作時，曾經到芝加哥大學經濟系面試，就「分工」研究的論文給個演講。當時的主席羅森（Sherwin Rosen）（已故）也是我朋友，他介紹小凱時開玩笑說：Xiaokai published his first paper at the age of 18, when Mao Zedong was the discussant. Mao didn't like the paper, so Xiaokai went to jail for 10 years.

基於人道關懷，美國學術界有不少人對於小凱的際遇關注甚於其著作。已故的選擇權理論大師布雷克（Fischer Black）根本不認識小凱，只是聽過這麼一個十九歲坐牢十年的小子，有一回寫信給他，問他：Do you need money? 布雷克教授做選擇權賺了不少錢，不知道怎麼幫小凱，所以寫了這一封突兀但是溫暖的信。

中國共產黨政權，有可能垮台嗎？

「中國往何處去」——這是楊小凱當年大字報的標題。五十二年前，楊小凱其實是要給毛澤東提建議，希望中共往特定方向走。但是今天，許多人可能沒有意願對中國共產黨這樣一個暴虐的政權給任何建議，而是要分析它「將來會不會垮台」。我相信絕大多數一九八九年後海外流亡的中國民運人士，都會希望看到中國共產黨這個專制極權體制垮台。但是它究竟會不會垮，這需要一點分析、一點想像、一點方向感。

自一九五九年的西藏屠殺、同時期的大躍進飢荒、八年後摧毀人性的文化大革命、一九八九年的六四天安門大屠殺、最近十年的維吾爾族種族清洗、到二〇二〇年的香港反送中示威鎮壓，加上過去中國共產黨七十年無時無刻不掛在嘴邊的「武力解放台灣」、「留島不留人」，我相信民主國家只要還有一點點良知人性，都對這個邪惡政權深惡痛絕。偏偏，這個政權過去三十年經濟發展快速，除了習皇帝昂首宣揚「大國崛起」的趾高氣焰，中國也在全球各地搞外宣、行霸權、偷智財、耍狠辣、霸凌台灣。那副沒有教養的「戰狼外交」嘴臉，也讓全世界都印象深刻。

以下我解析「中國往何處去」這個問題，就是要嘗試回答：「這個邪惡政權會不會垮？有什麼力量會促成它垮？」

獨裁政權垮台的兩種模式——內生或外逼

近代歷史上，一個獨裁政權之垮，大概有兩個類型：由內或是由外。我們先分析前者。由內，例如二〇一〇年起的「阿拉伯之春」，造成突尼西亞、埃及、利比亞等政權的垮台。這些國家長年獨裁、領袖裙帶奢華、社會貧富不均，早就隱藏了動亂的因子。於是在社群網路串連之下，立即引發了廣泛的群眾運動，導致政權垮台。這樣的「禍起蕭牆之內」，會在中國發生嗎？我認為機會不大。

做這樣的推論有兩個原因。第一，中國過去三十年經濟增長快速，絕大多數人民的生活水準是往上提升的。再加上官方控制媒體嚴厲，多數民眾頗受民族主義操弄，此起彼落的民怨很容易就轉移成「鴉片戰爭民族羞辱症候群」，怨氣都向老美、日本、85度C、周子瑜等外人發洩。除非中國經濟產生天搖地動的衰退，否則中國內部沒有廣泛民怨的乾柴，即使點火燃燒，恐怕也燒不起來。

新疆、西藏與香港，是三個民怨比較深的地方，天乾物燥之下比較容易失火。但是對廣大中國內地人民而言，新疆、西藏都比較遙遠，而且外國媒體難以接近，訊息阻塞，內地人民切身感受不強。至於香港，外國媒體的連結難以阻絕，只能靠警察暴力予以壓制、用「一國兩制穿小鞋」予以封鎖。對中共而言，香港的一國兩制就只是「鳥籠制」：鳥兒可以飛，但是飛不出籠子。就目前情況觀之，並沒有足以讓老共失控的客觀形勢，頂多只是國際顏面有損。

網路世界，將使「自由窄廊」更窄

第二個不利於中國內部興起反抗風潮的因素，就是中國的資訊管制。依據自由之家的網路自由評比，中國是全球網路管制最嚴的國家，也是網路最不自由的國家、全球「網軍」人數最多的國家、全球防範網路串連最滴水不漏的國家。要在中國複製「阿拉伯之春」，根本不可能。《獨裁者的進化》一書描述了俄羅斯、巴西等國獨裁者以收編、賄選等方法翻新統治伎倆，但是這些都不能與中國的網路封鎖相比。中國領導者充分掌握了網路世界的關鍵，因此中國的獨裁進化，也是獨樹一幟的。

網路世界為什麼方便獨裁者進化，卻不利於民主產生呢？我們前章已經略述，現在再做個整理。在二十五年前，MIT媒體工作室的教授尼格羅龐帝（Nicholas Negroponte）就指出，網路世界會產生靜態／動態互換（static／mobile transformation）：終端機會由笨重難以移動的（電視）螢幕，變成小巧可以移動的（手機）裝置，而傳輸會由空中的無線傳輸，變成固定埋線的光纖傳輸，速度超快。簡言之，「傳輸由動而定、裝置由定而動」，是為靜態／動態互換。

伴隨而來的，就是移動終端機的資訊收集多元，於是中國政府可以輕鬆把所有不同來源的資料庫整合，然後運用大數據技術監控人民，完全沒有規範與限制。數據資料快速膨脹，大數據出現，雲端運算興起，人工智慧技術突飛猛進，都是最近幾十年的技術變革。

網路經濟的利潤，回饋獨裁幫凶

歷史經驗顯示，要極權政府退讓，必須要靠足夠有力的公民社會制衡力量。但是大數據、雲端運算、人工智慧、衛星定位、電子商務等，在極權國家卻是「有利於國家統治」的技術變革。這種技術變革會使艾塞默魯與羅賓森所描述的「自由窄廊」更為狹窄、更不利於社會力的制衡，更不容易產生民主自由體制。其結果，就是大幅升高中國民主內生的門檻。

不止如此，網路世界還有一項有利於獨裁統治者的特質：規模經濟（increasing returns）。網路上孕育的經濟行為有所謂的「網路效果」。例如，臉書的使用者越多，表示你我在上面找到朋友的機率越大，於是增加你我加入臉書的意願。亞馬遜平台瀏覽者越多，就會使廠商更願意在該平台鋪貨，於是商品更齊全，進而使你我更願意去瀏覽。這種需求面所創造的網路效果，當然會產生強者越強、大者更大的規模經濟。

規模經濟往往會伴隨經濟利潤，而這些利潤，恰可用於收買、馴服網路業者。如果淘寶、微博的老闆膽敢不服從共產黨的指令（例如客人搜尋「六四」書籍沒有攔截往上呈報），那麼黨中央隨時可以撤銷電子商務的特許經營執照。所以簡言之，網路經濟的規模經濟特質，是最容易控制、管理、誘使他人服從的。

「科技牆」會產生外來壓力嗎？

接下來，我們討論第二類讓極權體制垮台的因子：外在壓力。自古以來，有許多帝國統治者都是被外來入侵者扳倒，但是那不是我所說的情境。在核子時代，大家都避免發生實體戰爭，所以靠外來戰爭逼走獨裁者的戲碼，對核子大國幾乎不可能。川普連擁核自重的金小胖都還畏懼三分，遑論中國的習大皇帝。以下我所描述的，是一九六〇年到一九八九年美蘇之間的冷戰。

冷戰雖然沒有實體戰爭，但是在北大西洋公約組織（NATO）與華沙公約組織（Warsaw Convention）的對峙下，美蘇陣營實質進行了三十年的制度戰爭。一開始，蘇聯的經濟成長率高、太空競賽領先，但是後繼無力。學者指出，蘇聯的制度不利於創造性破壞的創新，經濟成長難以持續，時間一久就敗下陣來。這個分析，是有說服力的。

今天的美國／中國之間的鬥爭，就像是當年的美國／蘇聯，但也有一些差別。第一個關鍵差別是：今天的美／中爭鬥，沒有NATO與華沙公約組織之間的地緣對峙。當年的對峙，是美國與西歐諸國軍事同盟，在地理上戰略上劃清界線。蘇聯與東歐國家接壤，所以當年必須要在地緣上結盟。但是今天的中國，沒有與什麼民主國家接壤，而美國與日、韓之間的關係，也沒有六十年前美國與西柏林那樣同仇敵愾。那麼美國／中國之間的關係，究竟有什麼可以與美／蘇之間類比呢？

網路雙軌是虛擬空間的圍牆

美國與蘇聯之間的對峙，當年是在執行戰略思想家凱楠（George Kennan）的圍堵（containment）。六〇年代的圍堵是個地緣政治的概念，沿著北歐、荷比盧、德國、奧地利等，築了一道軍事牆，把蘇聯勢力鎖在北邊，用時間來耗。但是今天的中國，東邊南邊是太平洋、南海，美國要封鎖並不容易，而北邊、西邊、西南邊，都是美國使不上力的區域。那怎麼可能做地理圍堵呢？

一九八九年柏林圍牆倒塌，美國帶領的軍事圍堵就差不多告一個段落了。要想像現代的圍堵，一定要記得把三十年前沒有出現的資通產業納入圖像。三十年前的資通訊，就只是電腦代工。但是現在不同了。我們只要看看：一、美國要加拿大逮捕孟晚舟，二、美國宣布制裁中興電子（ZTE），三、美國有國會授權的立法，可以由總統宣布實體清單（entity list），准許或是不准某些公司對中國輸出原件或是代工，四、美國與許多國家簽署了瓦聖納協定（Wassenaar Arrangement），你就知道在資通訊與國防相關領域，美國是可能築一道「科技之牆」的。

執行資通訊方面的圍堵，不但有可能，而且在6G時恐怕有其必要。現代戰爭幾乎是資訊戰的延伸，舉凡通訊、晶片、衛星、遙控、定位，全都與資通安全有關。如果這些設備全是獨立的民間公司也就罷了，但是偏偏華為公司姓「黨」、小米公司姓「黨」、北斗星公司姓「黨」、大疆無線姓「黨」……事實上所有中國公司都姓黨。中國不但推「中國製造2025」，最近又推「中國標準2035」。這樣的資通訊產業稱霸作為一旦成功，就必然會癱瘓掉民主國家的國防。美國與西歐、日本，就算想要不理會，都做不到。

資通訊雙軌的新均衡是什麼？

如果在資通訊方面美國與中國決裂，各自串連盟友結盟，後果大概是：美國、西歐、日本、韓國、澳洲等形成（例如6G）「美規」，而中國、非洲、中亞、巴基斯坦等形成「中規」。中規與美規二軌之間，除了技術面區隔之外，究竟還會產生什麼操作面的障礙，目前還不清楚。

所以簡單地說，將來的科技圍牆，最小範圍是瓦聖納協定的國防產業加上資通訊產業的產製環節；最大範圍則是雙方在諸多應用面環節也各自築牆。六十年前的NATO圍牆，是在地緣上的阻隔，但是將來的圍牆，卻是在虛擬空間（cyberspace）上。它所產生的經濟效果，還有非常多的模糊，目前尚未明朗。

回到原本的討論。你若期待中國共產黨政權垮台，比較有可能的動力，來自於西方國家形成一個新形態的圍堵。例如：歐巴馬時代想推動的TPP+TTIP，後者是《環大西洋投資貿易協定》（Transatlantic Trade and Investment Partnership），就是一堵關稅圍牆。

中國想玩鳥籠、想關起門來做老大，歐美國家也許就建起圍牆讓他們在牆內玩。遲早，極權體制的劣性就會出現，就會把中國逼出原形。這個局面要多久才會發生？不知道！會不會發生？不知道！但是我們知道一件事：如果這樣的新圍堵發生，習近平就算做皇帝，他的地盤就少了一半。這也許是歐美希望的。

新冷戰圍堵，制度決定勝負

我前文之所以一直預測科技雙軌會出現，一方面是因為美/中資通訊技術面的必然脫鉤，另一方面則是因為：中國以黨領政的制度，與民主社會的自由經濟格格不入，此節我們已經在〈民主與極權體制的必然經濟矛盾〉一章中有所說明。也因為如此，民主與極權企業的併軌終究不可能，也就更容易出現雙軌制。

在雙軌之下，那個多行不義的一方、欺壓霸凌他人的一方、完全悖離人文價值的一方，就是最有可能垮台的一方。這是我的預測，也是在回答楊小凱當年大字報的問題。

二、「一帶一路」能增加中國影響力嗎？

經濟學裡一個重要的課題，就是「經濟發展」，探討如何把一個原本落後、貧窮的經濟，推向進步、富裕。對於這個課題，經濟學家的建議通常是宏觀的，例如由世界銀行貸款協助基礎建設、由某個人道援助基金補貼建設自來水管線、由比爾．蓋茲補助藥品疫苗研發等。這些宏觀努力有些是成功了，然而失敗的案例也不少。我們在這一章提出一些不同的想法。這些觀點，可以提供我們分析「一帶一路」的另一種思考。

一帶一路是幫忙還是侵略？

一帶一路是習大大在二〇一四年推出的大規模建設計畫，包括陸上的現代絲路，遍布中亞、南亞、西亞、東歐。海上則像是鄭和下西洋路線，西達印度洋沿岸。有人將一帶一路與二戰之後的馬歇爾計畫相比，其實是不倫不類。馬歇爾計畫的背景是二次大戰之後，美國擔心蘇聯染指西歐，乃金援西歐諸國，幫助他們快速復原，健全民主體質，以免蘇聯共黨勢力乘虛而入。馬歇爾計畫沒有期待什麼西歐國家的回報，美國確實希望西歐快速站起來，只要得到「西歐不被蘇聯赤化」的間接回饋而已。

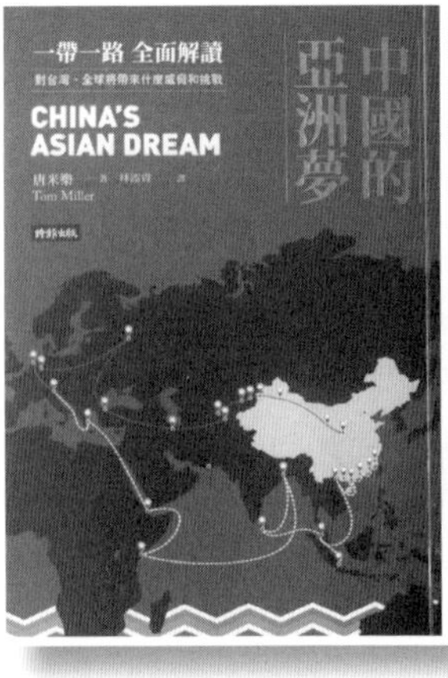

但是一帶一路則不然。中國在這些地方的建設投資，或則要求天然氣輸送契約（中亞）、或則要求租用港口（印度洋沿岸）、或則是抵押貸款收利息，幾乎每個計畫都有相對的利益條件。在《中國的亞洲夢》一書中，作者清楚解析了許多計畫的陷阱：有的用極惡劣的條件強徵土地、有的用頗高的利率給予貸款、有的在對方無力償債時強予沒入抵押、有的完全沒有回饋地方、有的甚至是徇私舞弊欺負當地人民。依據該書，大概我們平常能看到的投資案弊端、經濟強權的霸凌，在一帶一路上都看得到。

中國在一帶一路所犯的錯誤，就是「以幫助之名、行霸權之實」。中亞、西亞、印度洋沿岸的國家都不算富裕，計算投資利弊、貸款合約的能力也不夠精明，各國政治清明度也都還有進步空間。中國若是抱著寧願自己吃虧的心理去這些地方經濟援助，那就是幫忙；但是如果中國在這些地方一個個都吃乾抹淨，那就絕對是搞霸權。偶爾一案烏煙瘴氣還可以說是執行誤差，但是一拖拉庫案子都吃乾抹淨，絕對就是帝國擴張，就是「不和平的崛起」。

但是，這些一帶一路建設案，真的給霸權中國帶來好處嗎？讓我們先來回顧若干經濟發展的文獻。

經濟發展理論的諸多辯證

最近十年「經濟發展」課題的書，最有名的幾本包括 A&R 所寫的《國家為什麼會失敗》、《自由的窄廊》，以及班納吉與杜芙若（Abhijit V. Banerjee & Esther Duflo，以下簡稱 B&D）的《窮人的經濟學》。A&R 認為，經濟發展能不能成功最關鍵的是制度。政治環境、民主自由、經濟機制是互相關聯的變數；必須要政治制度對了，經濟才可能漸漸上軌道。B&D 則是專注研究小問題，用田野實驗去衡量政府政策的有效性、邊際效果等。

以上這三位教授都在 MIT 教書，其鄰居哈佛管理學院教授克里斯汀生（C. Christensen）居然也橫空出世，提出一套截然不同的經濟發展理論。

《繁榮的悖論》的作者克里斯汀生是哈佛大學管理學院的教授，他的寫作路數不是傳統經濟學期刊「模型、假說、檢定、數學附錄」那一套，而是比較平易近人的、哈佛商業評論那樣的文章。管理學院式的理論不太著重數理邏輯的推理，所以讀者不會讀到硬邦邦的推論。他的故事是這樣說的：

為什麼「基礎建設計畫」總是失敗收場？

一般我們觀察某些經濟發展落後的國家，都會發現這些國家法規不夠完整、基礎建設落後、貪汙腐敗嚴重、人民教育程度低、公共衛生設備差、醫療資源缺乏、食品飲水不清潔等現象。於是，大部分人建議的解決之道，都是「去彌補這些不足、填補這些資源」之類。

例如，非洲某些國家沒有水，許多慈善團體就幫助某些部落挖水井。水井挖好之後，也許一兩年內地方居民都歡欣鼓舞，但是兩年後水井就廢棄了，居民又回到原本的落後、不衛生的取水方式。

為什麼會這樣呢？因為水井會故障，而當初挖井的慈善機構沒有後續計畫，沒有長期幫居民維護水源的預算。居民本身教育水準低，也不可能自己

去維修水井。事實上，這些落後國家部落經常有稀稀落落、散見各處的廢棄水井，都是先前已開發國家某些慈善團體挖的，也都是後來遭到廢棄的。再以廁所為例：由於落後地區糞便經常汙染水源、傳染疾病，國際組織也常協助這些地區興建廁所。情況相同：廁所一間一間興建，然後一間一間廢棄。原因也類似：廁所的水、電、清潔，都涉及龐大的後續經費；沒有任何慈善團體能夠包養這麼龐大的維運經費。

以上所說，是經濟發展文獻中標準的困境。因為所牽涉到的問題太多元、太複雜，是百分之百的牽一髮而動全身，絕對不是「基礎建設不足、法律規範不健全」這麼簡單。我在自己寫的經濟學教科書「經濟成長」一章，也曾經引述這樣一個故事。

經濟學家如何「結紮」了經濟成長？

為了解決若干國家經濟發展緩慢的問題，聯合國與世界銀行曾在數年前聘請若干經濟學家，針對這些落後國家的狀況加以診斷。這些經濟學家發現經濟發展緩慢的原因有二：一是各國市場機能不健全、資本累積（capital accumulation）太慢；二是各國人口成長太快，侵蝕了總產出增加的果實。

在診斷出這兩個阻礙經濟發展的病因之後，則需討論「要先解決哪一個問題」。爭辯之後，主張優先抑制人口成長的學者們獲勝。於是聯合國乃開始積極研究如何抑制各國人口成長，最後決定，先在南亞某人口問題嚴重之國家推動結紮。然而在即將推動之前，噩耗傳來：每結紮一名男性需三十分鐘，每名醫生每天頂多結紮十六名男性；若將該國所有的相關醫師全數調集，只顧結紮且不看其他疾病，則要將該國已然上億的男性結紮完畢需要五十年。五十年後該國人口已經爆炸、經濟已經破產，也已經沒有需要解決的經濟問題了。聯合國這種協助經濟發展的援助，最終恐怕只是空中樓閣。

以上的故事，乃是要向讀者說明經濟發展與成長問題的複雜性。當我們將種種經濟發展模型應用於不同經濟環境時，尤其要注意各個經濟環境的特殊性，不應該如前段故事所描述的，事到臨頭才發現結紮派的建議是如此的不切實際。

企管學者的獨到見解

對於經濟發展，克里斯汀生的看法不同。他認為，當我們討論如何「解決」某個經濟發展問題的時候，出發點就有問題。「解決」二字的主詞是經濟學家、政府首長、社會規畫者、上帝。在這樣的概念下，經濟發展像是在規畫一個方案，去解決一串問題。但是如前所述，由於發展問題面向太多，歷史上許多方案都是鎩羽而歸。克里斯汀生指出，以廁所、水井為例，提出一個解決方案很容易，難的是：這個方案要有長時間與社會相容的韌性。例如一口水井，必須有一個「機制」，能夠「長時間」維修、保養、檢查這口水井，甚至不讓它淪為地方派系互鬥的標的。

前段有兩個關鍵字：機制、長時間。機制指的是：任何一個方案都會遇到困難，社會必須有個設計，讓社會上的某些人，有動機、有誘因去化解那些困難。長時間指的是：經濟發展方案不是一蹴可幾，不能只靠善心人士三、五年的熱情，或是政客三、五年的任期；它必須是永續的。

這樣的「長時間與社會相容的韌性」，聽起來很困難，但是克里斯汀生舉了非常多的例子：肯亞的銀行、奈及利亞的麵包、非洲的手機、中國的微波爐、非洲的瘧疾快速檢測、盧安達的混凝土地板、墨西哥的糖尿病治療、墨西哥的平價眼鏡、非洲的健康保險。克里斯汀生拿出企管學者的看家本領，為這些雜七雜八的例子，整理出以下的共同特點，全是白話文。

諸多成功案例，告訴我們什麼？

克里斯汀生為他描述的案例，提供了以下的整理：

一、這些案例，都是企業家在做生意、在營利。企業，是背後的唯一原動力。企業牟利，是資本主義的關鍵出發，固然有些銅臭，但卻一定是誘因相容的。

二、這些案例中企業提供的商品，都是市場上原本銷售量為「零」的、原本不存在市場的。傳統的行銷規畫或政策分析，都是對已經存在市場的商品，做區隔、探索、分析價格彈性、了解消費者反應等。但是對於原本不存在的市場，傳統分析完全不管用。

三、如果要進入原本不存在的市場，那就要克服一大堆搭配市場的周邊問題。例如，在鳥不生蛋的地方接通手機，就得解決基地台建置、鋪設電纜、發電等一籮筐問題。於是，企業微觀的牟利動機，就與經濟發展的宏觀環境改善，扯上關係了。

四、「原本不存在的市場」未必值得開發，但是一旦企業家分析之後決定投入，他們在企業營運的驅動下，就會拚命解決前述周邊問題。如此，企業永續經營的驅動，就是誘因相容與永續最佳的支撐；經濟發展，往往就這樣起來了。

五、前述待解決的問題，包括基礎建設不足、法規規範不足、官員貪汙腐敗等。克里斯汀生的諸多例證顯示，成功的企業會湊合一整掛的利害關係人，他們往往能促成基礎建設、促成法規修訂、促成吏治澄清。

前段一至五的論述，是值得細細品味的。「開拓原本不存在的市場」，聽起來是百分之百的企業管理分析。但是從來沒有企管學者會把它描述成一個「經濟發展」的解決方案。

然而諸多案例顯示，的確有許多此類企業衝刺，回過頭來帶動了基礎建設、法規建制、吏治清明。也許大家比較熟悉的，是一百年前福特汽車的T型車。一百年前，美國沒有像樣的公路、沒有加油站、沒有大型超市、沒有衛星社區……是福特的平價車大賣，促成了這些「周邊」環境。這是一個非常特殊的思考：靠單點突破，「帶動」－拖拉庫基礎環境。

「推式」與「拉式」的經濟發展理論

對於前述「單點突破」的論點，理論基礎是這樣的：基礎建設或是法規建制，是為了要服務經濟活動。但是如果沒有成熟的經濟活動，憑空去推動基礎建設，往往會創造出一個空中樓閣的、曲高和寡的、理想性太濃的、別國照抄的、規畫者一廂情願的、難以持久的、沒有人使用的「蚊子建設」。這類經濟發展計畫可以稱作「推式」，或是"supply-pushed"計畫。

相對而言，由企業發動的「原本市場為零」的計畫，是從活生生的在地經濟活動出發。如果有在地商機，這個企業計畫自然是與在地環境完全契合的經濟活動。企業想要賺錢，就一點一滴地鋪陳出周邊環境；有的自力救濟、有的遊說政府、有的促成制度改革。我們等於是由企業去「拉動」經濟發展所需要的基礎建設。我將它稱為"demand-pulled"模式。

純粹從理論上看，推式與拉式，也許是可以相輔相成。例如，某個企業方案在精密計算之下利益為負，所以企業不願意嘗試。但是如果政府恰好提供了某個基礎建設，就使得企業的方案由虧轉盈，不就能夠進行了嗎？如此，拉式與推式，兩者不就可以相互為用了嗎？理論上說，這是沒錯。但是實務上，恐怕政府所推的基礎建設，十之八九沒有這麼「宜人」。哪些基礎建設會有需求？政府官員的知識與敏感度恐怕都不足以判斷。但是成千上萬企業家敏感的嗅覺，相對而言卻是比較有敏銳性的。

用「推式」理論解析「一帶一路」

了解了拉式與推式兩種理論後，我們就來評估中國的「一帶一路」計畫。一帶一路多為基礎建設，包括公路、鐵路、網路、港口等。這些基礎建設都是中國政府與在地政府談出來的，背後絕對有中國的戰略考量與在地國的官員利益，也有幫助中國工程團隊海外拓展生意的算計，但是卻未必有在地經濟利益的支撐。換言之，一帶一路只是把基礎建設的資金與工程問題解決了，是標準的「推」，卻沒有仔細思考「這些基礎建設究竟要支撐什麼經濟活動？」沒有「拉」的動力。

尤有甚者，由國際貨幣基金（IMF）或慈善團體所「推」的建設，好歹還做過評估，知道在地民眾缺少什麼，只是缺乏後續規畫。但是一帶一路的建設，卻往往是在地國中央政府想推的，或是中國工程團隊想做的，恐怕與在地需求距離更遙遠。一般而言，越是行政效率差、吏治不清明的國家，其建設就越可能被「官員利益」所扭曲，白話文說就是貪汙舞弊。

一帶一路推動多年之後，依據媒體報導，這些「被建設」的國家人民有許多都怨聲載道。在地國不但經濟發展未見起色，反而揹上一屁股債、農民土地被徵收、在地經濟因為債務負擔而更脆弱。許多基礎建設，慢慢就變成「蚊子」級的。這也是一帶一路引發在地民怨的原因：國家把珍貴的資源土地用來建設「雙方政府談妥」的公路鐵路，卻無經濟活動的支撐，人民沒有得到利益，當然會憤怒、抗議。推式發展策略的缺點，在一帶一路上剛好得到了印證。

一帶一路與馬歇爾計畫，天差地別

有人認為，一帶一路像是七十年前的馬歇爾計畫，有助於擴張中國的影響力；我認為這是不恰當的類比。當年的馬歇爾計畫是防禦性的（希望西歐快速復原，有能力抵擋蘇聯共產革命的輸出），但是一帶一路卻是一開始中國就打算擴充影響的，幾乎是有「中國戰略積極性」的。

馬歇爾計畫美國不太過問經費怎麼使用，但是一帶一路全是用於指定建設。馬歇爾計畫美國沒有派工程團隊、財務團隊，但是一帶一路的工程有許多是中國全包。馬歇爾計畫之後數十年，我們沒有聽過哪個西歐國家罵老美，但是一帶一路則常聞罵聲。

結論：善心者想要幫助別人，終究會得到感謝。野心者想要影響或控制別人，終究會被識破野心。CNN的報導指出，以「大國崛起」的帝國主義心態所推動的一帶一路，終將成為中國的外交負債。

三、台灣的外交戰略要典範移轉

錢復先生二〇二〇年出版了回憶錄的第三卷。錢先生閱歷極廣，歷任駐美代表、外交部長、國民大會議長、監察院長。《錢復回憶錄．卷三》中關於中華民國一小段外交史的記述，可以用來評論當前的兩岸局勢。簡單地說，在外交場域以往許多的「定局」，到了二十一世紀都成為「變局」；這是討論國家政策最需要掌握的概念。

今日局面，與兩千年前大不相同

拿今天與半個世紀前相比，這個世界有極大的變化。尤其在科技面，其發展有驚人的突破，幾乎是以「日新月異」的速度在變化，世界局勢也相應劇變。近半世紀來的科技進程，當然也幫助人們更理解「天人之際」。古代視為異兆、需要占卜、諸多忌諱的天象、彗星、地震、瘟疫、颶風等，現在除了少數「冠狀病毒肺炎」的詭異之外，都已經解除了神祕。「天人之際」的幽微難明因素，應該是大幅減少了。但是當前的國際局勢，卻是更加多元而複雜。

錢先生在一九九〇至一九九六年之間任外交部長，差不多整整六年。六年之間，台灣失去了沙烏地阿拉伯、韓國等大國的邦交，但是也在非洲、東歐、南美洲偶有斬獲。這段期間南非邦交不穩，到一九九八錢先生卸任後，終於正式斷交。錢先生對於這六年的外交處境有相當多的描述，但是我想要從我所熟悉的社會科學的角度，做一些觀察與討論。

首先，我們都了解「國力」與「外交」之間的密切關聯。如果只看中國與台灣，在一九九〇（錢復接外長）、一九九二（九二共識年）、一九九六（錢復卸任年），台灣／中國GDP的比例分別是三十／七十、三十一／六十九、廿五／七十五，國力差距變化不大。但中國在一九九〇至二〇一〇經濟成長動輒一〇％，所以兩岸之間的國力差距開始快速拉開。到了二〇一九，這個比值成為四／九十六。從三十／七十到四／九十六，這是何等巨大的變動？如果國力影響外交，那麼這個數字明顯告訴我們：當年錢復能夠做的、能夠完成的外交，現在恐怕有很多是做不到、完成不了的。換個角度來看，兩岸之間國力如此消長，這表示我們的外交戰略，與一九九〇年相較，也必須要有重大調整，不能因循以往。

看看台灣外交處境的「古今之變」

其次，二〇一九年台灣ＧＤＰ與老共比只有四／九十六，許多人因此感到悲觀？如果過去三十年對岸的成長率始終是每年一〇％左右，而台灣只有每年三％到五％，我們必須要預判：這個趨勢會持續下去嗎？要回答這個問題，就必須要對「一個國家的經濟成長趨勢」有所理解。

經濟學界的論述是這樣的：三十年前，中國大陸的經濟有許多部門沒有效率、政治上仍吹左傾風、資本設備很差、農村人口投入工業生產的很少。打個比方，這就像「小孩成績不好，是因為念書時間少、念書方法不對」。這時候，若能增加孩子讀書時間、改變他們的讀書方法，這可以很快做改變，於是孩子的成績就可以進步神速。可是一旦放學後讀書時間一天已達六小時，讀書方法也已經有效調整，若再要成績進步，就只能靠補腦丸、雞精了，效果絕對有限。

所有國家都是經濟發展初期成長快、後期成長慢；從低效率移往高效率可以很快，但是到了效率頂峰再往前走，就得靠創新突破，速度一定會慢下來。歐美如此、亞洲四小龍如此，歷史上無一例外，所以中國經濟當然也不可能永遠這樣成長。

美／中關係，從定局改為變局

前述老共的ＧＤＰ數字超英趕美蓋台，變成世界強權，台灣的外交還有搞頭嗎？這又需要「通古今之變」的知識判斷。修昔底德陷阱這個詞雖然源自希臘，但是在司馬遷的《史記》裡也有類似的場景。吳王夫差大到一定程度就想挑戰楚國、越王勾踐打了幾場勝仗就想當戰國霸主……這種「爭霸」心理與事例，古今中外所在多有。對台灣而言，一旦中國與美國進入修昔底德爭霸模式，台灣所面對的局勢就截然不同了。我們當兵的時候背誦的鬥爭守則是「拉關係、套交情、搞派系、弄糾紛、攪沙子、挖牆腳」，是不是也是外交場域可以參考的呢？

這就牽涉到「外交」的定義了。錢先生在書中說，外交，就是個「信」字；這與我的體認頗為不同。如果說，做人、交朋友，就是一個「信」字，人無信不立，我完全同意。但是若說做生意、搞政治也只是個信字，我想許多人都會有不同看法。

尤其，台灣目前的處境極為特殊，有一個惡鄰居永遠把「武統台灣」掛在嘴邊。他們口口聲聲說「一國兩制」，但是香港的例子讓台灣人民對惡鄰的保證全無信心。隨著經濟實力增強，他們對台灣的打壓益發強化，幾乎是無時無刻不在傷害台灣人民感情。

在中國共產黨的輿論操作下，中國人民似乎普遍活在兩百年前鴉片戰爭的羞辱陰影之中，他們一心一意想著民族主義的雪恥重建，卻對於台灣人民的民主制度與文化，完全沒有一點點理解與尊重。我們的總統過境加州，去探望台灣人開的85度C，該企業就遭到對岸鋪天蓋地地打壓；台灣商人有什麼地方不守「信」嗎？台灣外交官再「信」，又能怎樣避免打壓？錢復先生駐外的時候，台灣在國際社會還能偶有斬獲。但是最近十幾年，對岸經濟實力大了，在國際社會處處無所不用其極地打壓我們。當下的客觀環境，台灣的外交處境，恐怕「信」字是因應不了的。

困境下辦外交，需要「信」更需要「識」

我在《牧羊人讀書筆記》裡強調，外交官最重要的，就是「涵養」。當今台灣的經濟實力與中國有一大段距離，所幸最近三十年世局劇變，經濟實力不再是唯一的競爭面向。就拿美／中衝突來說吧，其鬥爭面向涉及關稅、政府補貼的透明、5G、6G、人工智慧、量子運算、南海海權、低軌衛星、晶片代工、盟友態度等。對這每一個議題，台灣有什麼切入點？要如何發展才能對台灣有利？外交人員要如何才能促成對我們有利的形勢，這些都需要「涵養」作為判斷的基礎。涵養是什麼？就是庶幾近乎通古今之變的知識底蘊。

外交人員在外拚外交，固然要執行參謀本部的戰略指導，但是外在形勢時有變化，外交官必須要準確掌握議題本質，才能在「參謀本部指揮」與「因應局勢變化」之間取得平衡。傳統公務員太著重「執行上級交辦任務」，這樣的被動心態對於低階外交官也許難以避免，但是越是中高階的外交官，涵養的角色就越重。涵養夠，中高階外交官才能掌握議題精髓，進而在執行時回饋戰場意見，給參謀本部做修正調整的參考。

以上這些討論顯示，外交絕對不只是態度問題、執行問題、誠信問題，更重要的是戰略軸線的選擇。在二十一世紀資通訊、高科技時代，涉外戰略議題益發多元，不同的議題有不同的目標與操作。這些，都不是錢復所說的一個「信」字所能涵蓋。

關鍵扭轉，需要調整外交戰略

中華民國的外交，正面臨一個嶄新的局面。如果還是用一九九〇年代的智識去理解，那就欠缺掌握變局的涵養，不足論矣。在既定的戰局中纏鬥扭打，通常是改變不了局面的。

什麼叫作外交推展的典範轉移呢？如果以前文所述的關鍵扭轉（pivoting）為參考點，

我認為有幾個大方向值得考量。首先，我們要避免在「對方已經設定好的外交戰局」打仗，而要預見將來可能的戰局，超前部署投入。在已經設定好的戰局，對方一定早已重兵投入；台灣不能在雙方GDP四／九十六的懸殊實力下，去硬闖重兵陣地。傳統的官僚體系不容易捨棄舊戰局，主政者一定要有謀略有膽識，才可能另闢蹊徑。

其次，關鍵扭轉的戰略，往往需要重要國際盟友的協助，由他們幫助台灣，把我們預期會出現的某個小缺口，經過一段時間槓桿放大成一個大缺口。能夠做這種協助的盟友，通常是比較有實力的國家。因此，台灣的外交對象，在大國與小國之間，必須要做謹慎的抉擇，不宜把太多資源投注在缺少邊際效益的形式外交，例如援助第三世界國家、在國際活動中爭取無關痛癢的曝光等。這些，都是既定戰局的制式演出，不能放棄，但是絕對不可以當成重點。

再者，由於二十一世紀的國際局勢加進了虛擬空間，所以外交面向遠遠超過了傳統的地緣政治。這些面向，往往與傳統的外交業務幾乎無關。當台灣在眾多面向尋找關鍵突破時，不能單純由外交體系權衡思考，必須要加進諸如資通訊、網路安全、電子商務等議題專家，做全面評估。

總之，在科學時代，「究天人之際」的重要性降低了。在網路時代，「成一家之言」變簡單了。在社會複雜之後，「通古今之變」越來越困難。在台灣民主化之後，檢視台灣外交視野的角度，也需要改變了。

美國與盟邦關係，也該納入考量

前文提到，台灣執行關鍵扭轉戰略，往往需要一切大國盟友的協助。但是如果這些大國彼此有疙瘩，例如目前美國與歐洲諸國那樣，怎麼辦呢？

川普不喜歡多邊組織如WTO、WHO、NATO，這大家都知道。但是，不喜歡多邊組織，並不表示凡事都要「單邊硬幹」。然而如《經濟學人》二〇二〇年二月一期報導所示，川普經常選擇單邊硬幹，像是「蝙蝠俠」，而不是「豪勇七蛟龍」。過去四年，美國得罪了許多盟邦，部分原因是川普的單邊硬幹，部分是因為川老大的發言。例如川普批評歐盟："EU is worse than China, only smaller." 他這句台詞在不同地方講過多次，我相信歐洲國家一定聽過，外交上傷害很大。川普說歐盟輪值主席容克（Jean-Claude Juncker）"is a vicious man who hated the U.S. desperately"。這話應該也漏到歐盟耳中。據我了解，歐盟對美國這樣罵盟友，極為反感。

台灣當然不要貿然介入美國與其盟邦的摩擦。但是，即使是國際上的摩擦，也該納入關鍵扭轉外交布局的考量。當美國與盟邦友好時，美國當然是自由世界的精神領袖，台灣外交工作的重點，當然是優先著重美洲大陸。但是，當美國與其他民主國家有歧見時，台灣雖然是小國，卻因為不涉大國利益，往往能夠找到切入點，磨合大國之間的次要矛盾，共同優先處理大國與極權體制之間的首要矛盾。箇中巧妙，我在WTO三年大使任內頗有感觸。

二〇二〇年十一月美國總統大選，兩黨輸贏對台灣的意義是什麼呢？以下幾點，值得主政者參考。一、十一月雖然川普落敗，但美國在未來十年的「反中」大方向已經成形，不太可能改變。二、川普的「不可預測性」，是他的優點也是缺點。一方面，他會給中國出乎意料的打擊，令老共在兩岸問題上無法盡如己意。另一方面，他的任性行事得罪許多盟邦，也減弱了美國對付老共的力道。拜登的優點與缺點，恰與川普相反：他的決策模式可以預測，他的盟邦關係處理較佳。十一月拜登勝選，會影響我們布局外交的重點，但是關鍵扭轉的切入點不會改變。三、民主黨十一月勝出，美國對中國的科技戰，應該是大勢已定，台灣要預做因應，做好關鍵扭轉的準備。四、美中對峙的「棋局」，不是事先給定的，而是在白宮討論後形成的。台灣沒有能力做棋手，但也不能妄自菲薄。我們是有改變棋局的能力的。

四、駁斥「棋子」、「棋手」的簡單二分

關於台灣前途與兩岸關係的論述，台灣有幾位知名的評論者。其一是蘇起；他認為對岸的底線是「一個中國」，而台灣在不碰觸對岸底線的前提下，最好的戰略就是提出「一個中國 各自表述」的戰略模糊論述。這就是著名的「九二共識」論。另一位報章雜誌關於兩岸關係的知名寫手，就是范疇。

范先生在台灣各大媒體寫專欄大約有十年左右時間，他有他獨特的觀點，也常跳出框架外，發驚人之論；或是言語幽默、或是腦筋急轉彎、或是拉扯讀者的思緒，對讀者而言，這是有趣的刺激、有用的思考訓練。

兩岸論述的不同寫作風格

台灣媒體所刊的兩岸評論。有時候也加進美國，成為美／中／台三邊分析；有時候加進香港成為美／中／港／台比較論點。但是無論如何，這些文章都是以台灣／中國為論述主框架。

對於兩岸論述，我有三點評論：第一，要寫有意義的兩岸關係論述，當然只可能在台灣寫；對岸根本沒有言論自由，在中國寫兩岸關係，那就只可能有「習近平偉大，中華民族復興」一種基調一種結論，枯燥乏味，讀之有害健康。在中國撰文，如果硬要尋框架外的突破，那要賭上運氣，冒著被失蹤的風險。有人打趣說：「極權國家也有言論自由，只是言論之後就沒有自由」，描述精準。第二，既然是在台灣寫文章、寫給台灣人看，作者的出發點當然是台灣優先、珍惜台灣的自由民主，這一點也殆無疑義。第三，寫兩岸評論，當然不只是作文比賽，而是希望論點能多少發揮影響、扭轉一些政策、緩和一下氣氛等。簡言之，兩岸論述背後必然有「入世」的期待。

我相信，絕大多數撰寫兩岸評論的人，都是秉持「台灣優先」理念的；真正堪稱「舔共」的，比例應該極小。台灣有些人動不動給人扣帽子，從立場上否定他人，這樣完全壓縮了理性思辨的空間，背離民主價值，殊不足取。可是，即使我們都同意論述者的善意出發點，為什麼總是有一些論述得不到太多回響呢？這是我想要切入分析的。

兩岸關係論述的方式概有兩類。其一，是先建立一套望之儼然的理論架構，然後以這個架構為推理基礎，演繹出如何處理問題、如何因應變局的結論。政治系、外交系的教授多屬此類；蘇起的《台灣的三角習題》堪稱著例。這一類的「架構式」文章有三個容易犯錯的罩門。一、由於理論架構經過嚴謹推理，所以不容易跳出框架，往往是理論限制了思考與推理。二、理論有時候因為環境變遷而有扞格，但是論者長年浸淫反而不易察覺。三、由框架演繹論述，通常需要對未來某些事情做假設；但是萬一假設有錯誤，則結論就慘不忍睹。

框架論者經常掉入的陷阱

對於前述三的「假設錯誤」，最經典的例子，就是「過去二十幾年中國每年近一〇%的GDP成長率，能夠持續多久？」從金門泅水叛逃的林毅夫先生在二〇一五年說，中國GDP高速成長可以再持續幾十年。如果你接受這個假設、這個預測，而美國或台灣經濟成長率只能有三%，則下結論可以很快：大家都趕快向老共下跪投降。但是，如果假設「中國不可能長期持續成長」，或是「中國成長會引起修昔底德的美／中對峙，形成新賽局」，則結論與推論都截然不同。台灣有不少「框架推論者」，都沒有專業能力判斷「老共經濟快速成長還能持續多久」，所以常犯下離譜推理的錯誤。

關於前述二的「環境變遷」，讓我舉個實例。絕大多數的國際政治分析，都接受地緣政治（geopolitics）的概念與理論。從兩千年前的希臘／西亞、到十五世紀的英國／西班牙、十九世紀的西歐強權、十九世紀的加勒比海、一九五〇年的美／蘇冷戰，都是在地理（geography）這個面向的鬥爭。但是，我們如果看看美／中之間未來十年的可能鬥爭，就會發現其鬥爭場域跳脫了「地理」。6G規格、人工智慧、大數據個資安全、太空軍種布局、智慧財產保護、電子商務、匯率操控、GPS衛星定位系統等，每一項都與「地理」無關。論述者如果不能理解最近二十幾年虛擬空間（cyberspace）之異軍突起，就還是鎖在「地緣政治」的框架下以管窺天，其推論當然處處扞格。

但是范疇先生的兩岸論述，不是走這樣的架構式推論模式。蘇起先生的架構式思考近乎武術上的「長拳」，講究綿延一貫。但是范先生的文章比較近短拳，著重別出心裁之論、跳躍框架之議、大膽直斷之預測。這樣的武功路數，與第一類的大架構論述，恰成對比。平心而論，范先生文章中跳脫框架的觀點，確實比坊間一般論述多得多。但是這樣的文章能不能成功說服讀者，還涉及一些其他因素，以下逐一討論。

「長拳」與「短拳」各有利弊

前段所述「其他因素」是指什麼呢？我認為框架文章可以高來高去，但是跳躍性思考的評論沒有辦法打高空；最重要的，就是要「接地氣」。容我引段佛經以為說明。

《華嚴經．普賢菩薩行願品》有記述普賢菩薩的十大願，其中之一，就是「恆順眾生」，也有人稱之為「隨順而轉」。所謂「隨順而轉」，就是永遠依順眾生之所愛、所著、所喜、所願，普賢菩薩從不違逆，都是在「順」的前提之下，稍微扭轉一下方向，慢慢帶動眾生的轉變、轉型。就行銷理論而言，隨順而轉代表「尊重消費者意願」，不會去指責消費者的偏好哪裡不對，但是最後，廠商還是希望引導他們購買自己的產品。

我們就以「跳脫框架思考」為例，做個類比。相信大家都同意：我們不是為了跳脫框架而跳脫框架，也不是為了展現自己別出心裁而跳脫框架；我們提出一個跳脫框架的概念，通常是為了藉此說服別人。普賢菩薩把「解脫」的狀態描述得極其美好；在解脫的世界，到處都是人間不可思議的琉璃珠寶、金山銀海、充耳妙音。這樣描述的目的，就是要誘使眾生放下在這個世界對珠寶琉璃悅音的執著，快快解脫。正因為眾生喜歡琉璃珠寶與音樂，所以普賢只好把解脫世界用如此 low、如此「俗氣」的說明為起點。

我認為，兩岸論述當然需要跳脫框架的思考，但是那種思考，還是要對「仍在此岸」

的台灣人民有吸引力，否則，跳不跳框架，都沒有意義。范疇先生曾經在多處提出：「台灣可以主動向中國表示願意談統一，條件是台灣所有政黨都可以到中國大陸進行政治活動」。范疇認為，這樣跳脫框架的建議，會把「中共嚇出尿來」。這個論述框架是跳脫了，但是我想對台灣人民沒有吸引力，「不接地氣」，也就與「恆順眾生」有些距離。如果台灣人民不被論述所吸引，他們就不會被「轉」，文章就達不到改變政策方向的入世目的。

論述期待能「隨順而轉」

中共領導人會不會被嚇出尿來，台灣人民在乎嗎？是尿失禁一天，還是一個月，還是終身要包尿布？「去極權專制的中國大陸進行政治活動」，台灣人民有興趣嗎？想這樣做嗎？如果完全沒意願，那麼這個提案的意義在哪裡？從另一個角度看，跳脫框架式的「短拳」，還是要考慮後續的對招。如果老共嚇得短暫恍神之後就立刻回魂，然後構思出狠毒的下一招，例如「進行政治活動，可以；但是講話時有自由，講完話就沒自由」，台灣人民怎麼辦？若是如此演變，那麼接下來的賽局又是什麼？

中國共產黨是出了名的壞。馬英九說「常說謊的人，不見得永遠不會說真話」，我卻認為，常說謊的人根本不值得信任。就算他們答應了台灣可以去中國大陸進行政治活動，台灣跳進去之後，我們玩得過那個壞胚子政黨嗎？這麼多將來的下檔風險，換取中共領導人現在尿失禁？這個「跳脫框架」建議，我想台灣人是沒什麼興趣的。

兩岸關係，不論是長拳架構型論述者，或是短拳跳躍式論述者，都常用一個比喻：美國與中國是棋手，台灣只是棋子；這個比喻在諸多兩岸的評論中也被提出多次。棋子是被交易的標的，交易的價碼由兩個大國棋手依各自的公式計算。有些論者認為：台灣是棋子，千萬不要以為自己是棋手；我們只能引導某一方的公式計算，希望對台灣最為有利。以美中科技戰為例，有些人認為，台積電最後只能被迫選邊，也只能做損害控管（damage control）。這個棋手／棋子的簡單二分觀點，我認為有值得進一步討論之處。

棋手、棋子之外，還有棋局

在美／中兩個大國鬥爭的對峙中，沒有錯，他們是主要棋手，周邊小國（例如北韓、南韓、菲律賓、台灣）都有可能被當成棋子。在二〇一七年美國啟動鋼、鋁課稅的防衛（safeguard）措施時，連美國百年的老鄰居加拿大、墨西哥都被老美當成棋子。台灣面對強權，又怎麼可能幸免？但是即使台灣改變不了做棋子，我們卻未必不能改變「棋局」。棋局改變了，則棋子就可能是「牽一髮而動全身」的一顆子，棋手的判斷、決策都可能隨之修改。

為什麼台灣就只能做損害控管呢？

以一九五〇至一九八〇年的美／蘇對峙為例：北大西洋公約諸國與華沙公約諸國之中，許多小國也許都是棋子。但是凱楠一旦說服了當時的國務卿艾奇遜（Dean Acheson），形成了「戰線」的對峙，那就改變了棋局。可是，又是誰影響了凱楠呢？

再以歐巴馬總統推動的ＴＰＰ為例，美國莫名其妙地把國情南轅北轍的越南拉上船。越南在或不在ＴＰＰ之中，完全改變了棋局。越南人口數將近一億，勞工成本非常低，是極有可能取代中國「世界工廠」地位的國家。把越南拉進ＴＰＰ，美國人心裡絕對有「對抗中國」的盤算。ＴＰＰ裡如果沒有越南，則戰略形勢截然不同。誰知道美國當年的決策背後，究竟受到什麼影響？

總之，棋子／棋手確實是分析問題的切入點，但是不是唯一的切入點。如果太早將局面依棋子／棋手二分，那麼這個二分也是一種框架，局限了思考方向。就算我現在是棋子，為什麼我找不到影響棋局的切入點？

台灣能如何改變「棋局」？

整體而言，我同意台灣知識分子要加強對中國共產黨的分析。中共是一個「皇學為體、列學為用」的混種，骨子裡是家黨天下的皇族極權統治，統治方法上又引進了列寧式的「以黨領政」，成為今天的怪胎。依目前的形勢，因為老美已經對中國共產黨翻桌，二〇二二年前應該有巨大變化。

但是，這盤棋局還有極大的不確定性，歐洲與日韓等許多國家都還在觀察。我認為，美／中對峙對台灣的風險，就是中共高層以兩岸衝突轉移焦點。台灣要如何避免這種「下檔」風險，值得我們深思。這個深思的方向，不止是我們能如何影響棋手，也在於我們能如何改變棋局。

所謂改變棋局，就是我所說的關鍵扭轉（pivoting）。它的意思是：我們要預判戰局走勢，現在先做布局，希望在五年、十年之後，現在的小布局產生大改變。如前所述，由於未來的美／中／台局面不只是「地緣」單一面向，所以台灣可以做關鍵扭轉的切入點相當多，可以做審慎的選擇與布局。Pivoting，就是要改變棋局。年輕朋友，一定要從這個角度，幫台灣思索方向。

改變棋局，要精準掌握美國態度

美國前國家安全顧問波頓（John Bolton）二〇二〇年六月出版新書《事發之室》（*The*

Room Where It Happened）。我們詳讀此書，當能對於美國的國際事務態度以及台灣面對的棋局，多幾分了解。

波頓在二〇一八至二〇一九年在白宮的職稱是「國家安全顧問」（National Security Advisor, NSA），相當於我們政府體制中的「國家安全會議祕書長」。他二〇一八年四月上任，二〇一九年九月辭職，在職僅一年五個月。波頓應該是有做日記或是筆記的習慣，所以他的記載超級詳細。每一次重要會議的開始時間，可以細到「四點十五分」這種刻度，會議的重要出席人員也絕不遺漏。每一次對話誰說了什麼，也幾乎是「可以加引號」那麼精準。所以，對於書中「記述」的真實性與正確性，幾乎難以置疑。

波頓認為，美／中之間的衝突，是制度面的，包括中國政府的大量（黨國不分）補貼、強迫智慧財產移轉、偷竊營業祕密等。這些因素加起來，形諸於外，才是「貿易順差」等問題。所以，制度是關鍵，貿易只是表象。美國有些官員老想達成「貿易談判」，拚命阻擋實質制度問題的討論，擔心那些討論妨礙了技術面的貿易談判，這根本是捨本逐末，混淆問題本質。台灣對於美／中衝突，也應該有這樣的了解。看

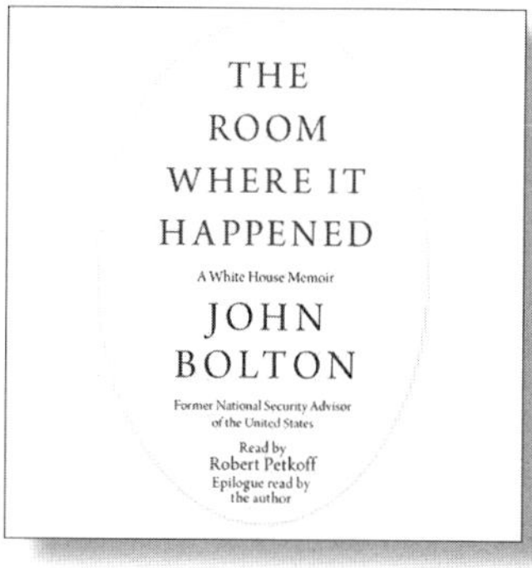

約翰・波頓，*The Room Where It Happened*，暫譯為《事發之室》。

清楚實質關係，關鍵扭轉戰略才有發揮的空間。

美國商務部宣布對ＺＴＥ的制裁，川普很怒，然後就宣布暫緩，並且打電話給習近平示好，因為他想與習大大維持好關係。這一點，台灣原先恐怕不知原委，以為是習近平打電話給川普。倘若如波頓所描述，是川普主動打電話去，這值得我們警惕。波頓也說，川普想對華為放水，國安人員都非常不以為然。最後美國沒有放水，不是因為大家說服了川普，而是因為川普發現中國想拖延談判，期待二〇二〇變天。所以，川普對華為的強硬，是因為老共希望混過二〇二〇。他修理華為，似乎是衝冠一怒為自己。這一點，台灣事前也不知道，也要警惕。

處理兩岸棋局，需要戒慎小心

波頓記載，川普主動致電習近平，在電話上說，他可以在新疆建集中營。香港的動亂，川普也主動說，那是中國內政。這是相當恐怖的內容。我們從媒體報導以為美國支持香港民運、譴責新疆隔離，但是波頓說，那不是川普本意。台灣媒體報導了與台灣有關的內容，波頓描述，「川普已經放棄了敘利亞的庫德族，台灣會是下一個嗎？」由以上記載，台灣確實像是顆「棋子」，我們不能掉以輕心。台灣千萬不能在資訊不明的情況下，莽撞地做改變棋局的嘗試。

做不了棋手、不甘做棋子，我們只能運用智慧，巧妙地挪移棋局了。

參考書目

1.《國富論》，亞當．斯密，先覺出版公司，二〇〇〇。
2.《獨裁者的進化》，威廉．道布森，左岸文化出版公司，二〇一〇。
3.《繁榮的悖論》，克雷頓．克里斯汀生、艾弗沙．歐久摩、凱倫．狄倫，天下雜誌，二〇二〇。
4.《國家為什麼會失敗：權力、富裕與貧困的根源》，戴倫．艾塞默魯、詹姆斯．羅賓森，衛城出版社，二〇一三。
5.《自由的窄廊：國家與社會如何決定自由的命運》，戴倫．艾塞默魯、詹姆斯．羅賓森，衛城出版社，二〇二〇。
6.《窮人的經濟學》，阿比吉特．班納吉、艾絲特．杜芙若，群學出版公司，二〇一六。
7.《台灣的三角習題》，蘇起，聯經出版事業公司，二〇一九。

8. 《錢復回憶錄》（三卷），錢復，天下文化出版公司，二〇二〇。
9. 《中國的亞洲夢》，唐米樂，時報出版公司，二〇一七。
10. 《牧羊人讀書筆記》，朱敬一，印刻出版社，二〇二〇。
11. 《經濟學》（九版），朱敬一等，華泰文化事業公司，二〇一八。
12. Bolton, J. (2020). *The Room Where It Happened: A White House Memoir.* Simon & Schuster Inc.
中文暫譯為《事發之室》。

【後記】

學術研究者，能夠為台灣做什麼？

作為大學老師，我覺得這個職業與蘋果公司創辦人賈伯斯（Steve Jobs）那樣的企業家有三點根本差異。這些差別，有點像是社會關懷與純粹資本主義的不同。首先，大學教授當然希望學生們創業成功、實驗成功、寫作成功。但是我們永遠了解，大多數的學生不是那麼成功，甚至總有十趴、二十趴的孩子會失誤失敗。一個好的教授，其對失敗失誤者的關心、疼惜、扶持，恐怕還要大於他對於成功者的喜悅。教授們若能把一個原本脫軌的學生拉回來，那才是真正的滿足。此外，在企業競爭的市場環境裡，每個人都維持著一些「提防」之心。但是教授之於學生，卻是全無保留的傳承，甚至希望他們能青出於藍。

其次，教授希望學生們努力，但是未必是要他們如賈伯斯所說的，「每一天當成生命最後一天」。所謂「最後一天」，通常周邊環境都已經設定清楚了，當事人所需要做的，只是權衡種種成本效益，然後全力以赴。但是學生階段的生命探索，卻充滿了許多不確定性，周邊環境未必明朗。我們做老師的經常鼓勵學生，不要那麼在乎以前人的看法想法，而要勇敢地嘗試、摸索。我們欣賞的學生，不是把每一天當成生命最後一天，而往往是把每一天當成生命第一天，勇敢而無畏地點燃自己的生命蠟燭。

大學老師與企業家的第三點差別，則是「人生目標」。賈伯斯說他不想「浪費生命為他人而活」，但是做老師的一生，幾乎都是在為他人而活。老師的唯一使命，就是知識傳承，而傳承，當然就是為了他人。我記得黃崇憲教授記述他在研究所時期的老師萊特（Eric Wright）教授，有這樣的敘述：有學生對萊特教授提問，通常原來問的問題離離落落，萊特則將問題用他的語言重述，然後順過邏輯，重新呈現。這時候學生已經受寵若驚，「我竟然問了這麼好的問題！」如果問題是質疑萊特見解的，他不但順過問題，還拉高層次，直到正反雙方勢均力敵，然後才提出自己的見解。萊特的學生描述，萊特對於學生反對的意見，看得比提出問題者還要嚴肅。你說，教授是不是「為他人而活」？

為台灣思考大未來

這本書，就是從知識傳承的角度，分析台灣的處境與尋找台灣的出路。我尋找的出路方向也許不正確，但是沒關係；至少它是個努力的嘗試。此書點出的方向大膽，與傳統國際關係學者不同，但是沒關係，我把今天當成生命第一天，以後還可以慢慢修正。我已經年逾耳順，所提建議都是「為別人提的」。

關於台灣的處境，可以分四個層面來看。

第一，我們面對一個惡鄰居，他們的掌權者幾乎沒有人文關懷與啟蒙理念，還活在鴉片戰爭的陰影下，整天想著民族主義式的霸權，尤其對於台灣，開口閉口都是「武力統一」、「留島不留人」之類的武嚇。第二，我們處在一個美／中對峙的大環境中，雙方還有各自的盟邦，在可見的未來，極可能在許多資通訊科技上建構障礙。面對這樣的情境，台灣的戰略選擇必須要考量我們與大國之間的互動。第三，在內政上，台灣要如何修正過去走偏的「新古典自由主義」？如何建設成為一個更公平、更有競爭力的經濟，社會凝聚力強，堪與對岸相比，也堪為自由民主經濟的典範？第四，在外交上，二〇二〇年全球一百九十幾個國家，中華民國的邦交國只有十六國，而且都不是大國，其他國家都與中國建交。同年，中國的GDP金額是台灣的二十四倍，而對岸也常用這樣的優勢經濟力，對台灣進行打壓。

目前，如果不算APEC等非固定組織，台灣唯一能參與的正式國際組織，就只有WTO。但是WTO近來風雨飄搖，組織本身都泥菩薩過江，台灣的舞台當然也受到限縮。最近十年，中國維尼對我們壓迫日亟，戰狼外交氣焰囂張。

不需要我再多說，台灣面對的客觀環境不理想；我們需要研判大局勢、思考大方向、規畫大戰略、開創大未來。但是要做到前述四「大」，需要年輕人的狂野創意與積極投入。寫這本書，就是要做這樣的召喚。

可是我們讀書人只是做研究分析、提政策建議，對年輕人提出召喚，要做到什麼地步，才夠呢？也許我用一個例子，可以做些說明

提出引領，不必伴遊

在二〇〇〇年時，中央研究院院長李遠哲做了「挺扁」的決定，大概是促成台灣有史以來第一次政黨輪替的關鍵。民主政治的意義包括定期選舉、政黨輪替、權力制衡，而台灣在二〇〇〇年之前從來沒有過政黨輪替，故首次輪替，當然是極為關鍵的。大概在二〇〇〇年三月，李院長發起了一連串的「挺扁」行動，包括發表文章、政見會錄影播放、籌組國政顧問團等。三月十八日選舉結果陳水扁勝選，接下來又有一連串的事情，邀請李院長參加。

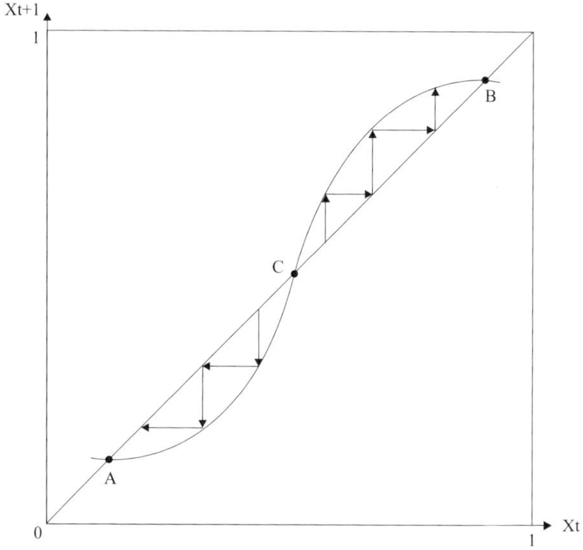

圖一：與李院長溝通之 ABC 圖

首次政黨輪替是政治事件，但對從來沒有過真正民主的台灣而言，這也是個思想的扭轉。李院長投入這個改造工程，如果各種各樣的活動都要參與，那是沒完沒了、永無止境的。

我在二〇〇〇年六月有一次在他出門前到院長室拜訪他，只花了一分鐘，交給他一張圖（如本頁）。我說，台灣面對兩種可能的均衡，其一是永不政黨輪替的A，其二是會發生政黨輪替的B。兩個都是穩定的均衡。院長在選舉前抖動了一下社會結構、選舉後參與了一些決策。只要在判斷上台灣社會已經超過了C點，剩下來的，就交給社會吧，無需事必躬親了，let the dynamics run by themselves。重點是：不需要巨細靡遺地「伴遊」到B點。李院長立刻表示理解，有發揮多少實際作用我就不清楚了。

跨越轉折，即見「未來」

我想說的是：在概念上，思想翻轉或是改變，一定要跨越轉折點C才會發生。若是啟蒙衝擊不夠或是衝擊短暫，到不了轉折點C，則社會的舊思維、舊勢力，就極有可能將動態打回原形，回到A的舊均衡。一旦超過C，則終究會爬到B，有沒有「伴遊」只影響速度。由於知名人士參與「伴遊」費時費力，我一向主張「走到超過C一咪咪」就好。用我們家祖輩的說詞，就是「但開風氣不為師」。

另外一個影響思想轉變的因素，就是網路效果（network effect）。網路效果在二十世紀初似乎不明顯，但是在二十一世紀，社群媒體的網路效果極為可觀。用白話文來說：網路效果就是「風行草偃」；一個思想運動、社會運動能不能成氣候，能不能帶起風潮，部分就要看是不是有意見領袖發威。一旦主流意見發威，有時候逼得非主流意見不敢、不便、不願說出來，就會促成某種社會主旋律。

因此，扭轉兩岸戰略思考，要注意新觀念發動初期，是否有一呼百應的意見領袖大力呼應、是否在重要平台掌握了詮釋管道、是否有「帶風向」的網路意見、是否能向不同群體分頭擴散等。

在現在這樣紛亂的時代，各路思想百花齊放，知識分子的任務，就是提出經得起考驗的、合乎人文關懷的、與平等自由理念相容的論述，然後把它向外擴散，推動到C點多一些，然後就可以休息、放下。我希望這本書的內容，庶幾近乎矣。

文學叢書 649

維尼、跳虎與台灣民主

作　　者　朱敬一
圖片提供　朱敬一
總 編 輯　初安民
責任編輯　林家鵬
美術編輯　林麗華
校　　對　呂佳真 朱敬一 林家鵬

發 行 人　張書銘
出　　版　INK印刻文學生活雜誌出版股份有限公司
新北市中和區建一路249號8樓
電話：02-22281626
傳真：02-22281598
e-mail：ink.book@msa.hinet.net
網　　址　舒讀網http：//www.inksudu.com.tw

法律顧問　巨鼎博達法律事務所
施竣中律師
總 代 理　成陽出版股份有限公司
電話：03-3589000（代表號）
傳真：03-3556521
郵政劃撥　19785090 印刻文學生活雜誌出版股份有限公司
印　　刷　海王印刷事業股份有限公司

港澳總經銷　泛華發行代理有限公司
地　　址　香港新界將軍澳工業邨駿昌街7號2樓
電　　話　(852) 2798 2220
傳　　真　(852) 3181 3973
網　　址　www.gccd.com.hk

出版日期　2021 年 1 月　初版
ISBN　978-986-387-385-3

定　價　330元

國家圖書館出版品預行編目資料

維尼、跳虎與台灣民主 / 朱敬一著；
--初版，--新北市：INK印刻文學，
2021.01　面；14.8 × 21 公分（文學叢書；649）
ISBN　978-986-387-385-3（平裝）
1.言論集
078　　109021341